Blümen bar

Das Buch
In ihrer ersten literarischen Textsammlung verbindet Lola Arias Momentaufnahmen aus dem Leben einer jungen Frau mit Recherchen über die Gegenwart. Es geht dabei um fragile Beziehungen und die Suche nach sexueller Identität, um absurde Familienkonstellationen und private Fluchten, aber auch um soziale Verhältnisse, die sich in den Geschichten einer Kassiererin oder einer Reinigungsfrau widerspiegeln. Zwischen Romantik und Trash, Melancholie und Komik entsteht ein poetischer Raum, der die Verhältnisse zum Schwingen bringt.

Die Autorin
LOLA ARIAS, 1976 in Buenos Aires geboren, ist Autorin, Regisseurin, Performerin, Singer/Songwriterin und Mitbegründerin des Künstlerkollektivs Compañía Postnuclear. Sie arbeitet mit professionellen Schauspielern und Laiendarstellern, mit Musikern und Tänzern, Kinder, Babys und Tieren. Im deutschsprachigen Raum machte sie sich zuletzt mit den Stücken *Familienbande*, *Mein Leben danach* und *That Enemy Within* einen Namen. Die *New York Times* würdigte sie als »Schriftstellerin mit sinnlichen Qualitäten«. Lola Arias lebt in Buenos Aires und Berlin.

Lola Arias

Liebe ist ein Heckenschütze

Aus dem Spanischen von
Rike Bolte, Udo Kawasser
und Margit Schmohl

Blumenbar Verlag

für S

Lehnst du an einer kühlen Wand oder liegst du im Schatten eines Baumes, die Füße im Gras? Sitzt in der U-Bahn zwischen Unbekannten, die vor sich hin dösen oder in Zeitungen mit halb nackten Frauen blättern? Liegst im Bett und kannst nicht schlafen? Stehst in einer Buchhandlung, fährst mit den Fingern über die gedruckten Seiten und fragst dich, was das hier wohl für ein Buch ist, das Gedichte, Erzählungen, Theaterstücke und Songs enthält, alles wild durcheinander?

   Ich habe mich manchmal gefragt, wie das Buch aussehen könnte, das einfach alles enthält, was ich jemals geschrieben habe. Ein Buch mit meinem ersten A, meinen Schulmädchen-Kompositionen, mit Einkaufslisten und Gedichten, mit auf Servietten gekritzelten Notizen, Erzählungen und Dingen, die ich auf den Handrücken schrieb, um sie nicht zu vergessen, mit Theaterstücken für Tiere, einer Sammlung meiner poetischsten SMS, mit Liebesbriefen, Romanentwürfen, ärztlichen Behandlungsformularen … Und nun ist meine erste auf Deutsch erschienene Textsammlung tatsächlich ein Sammelsurium aus unterschiedlichen Genres geworden, als wäre alles, was ich schreibe, eine einzige Landschaft, die fortwährend ihre Form verändert.

   Womöglich kommt das meiner Art zu schreiben am nächsten. Ich springe von einer Textgattung zur nächsten, weiß manchmal nicht, ob das, was ich schreibe, ein Gedicht, eine Erzählung oder ein Fragment meiner Tagebuchaufzeichnungen ist.

   Dieses Buch ist ein Erfahrungsarchiv, ein Inventar wahrer und falscher Geschichten, eine Ideensammlung, ein Katalog mit Bildern, die der Wirklichkeit oder anderen Büchern entnommen wurden. Manche Erzählungen beziehen sich auf jemanden, den ich von meinem Fenster aus beobachtet habe, oder auf etwas, was nur in meinem Kopf existiert; einige Gedichte entstanden nach einem Gespräch oder haben mit einer Erinnerung zu tun, das eine oder andere Theaterstück ist die Übersetzung eines Traums.

In diesem Buch verschwimmt die Grenze zwischen Fiktion und Realität immer mehr, sodass nicht einmal ich mehr sagen kann, was erfunden ist und was nicht. Ich stelle mir vor, wie du an den Klippen der Sprache entlangläufst, von einem Rhythmus, vom Klang eines Satzes, von einem Blick auf die Dinge bewegt. Dennoch wird mir verborgen bleiben, was du beim Lesen denken wirst. Ich male mir aus, wie deine Hände das Buch halten. Ich würde gerne einen Blick auf das werfen, was du darin anstreichst, auf die U-Bahn-Fahrkarten, die du benutzt, um die Seiten zu markieren, auf die Kaffeeflecken, die die Seiten zu zieren beginnen ... Wie viele Minuten, Stunden, Tage wirst du mit meinem Buch verbringen? Wirst du es alleine lesen oder jemandem einen Teil daraus vorlesen? Wird es in deiner Tasche mitreisen, in einem Zug, wirst du es in einem Park liegen lassen oder es für immer ungelesen auf deinem Bücherfriedhof verscharren?

Berlin, September 2010

Lola Arias

DIE POSTNUKLEAREN

– Stories –

*Aus dem Spanischen
von Udo Kawasser*

DIE SCHWIMMERIN

Eins. Ich werde nicht mehr lügen, nicht mehr rauchen, keine Angst mehr vor der Dunkelheit haben. Zwei. Ich werde nie mehr Fehler machen, nur weil es Nacht oder kalt ist oder über meinem Kopf eine melancholische Wolke schwebt. Drei. Ich darf keine Zeit mehr verlieren. Sobald ich nach Hause komme, werde ich schreiben. Ich werde weder das Telefon abheben, noch die Reste in meinem Kühlschrank essen und auch nicht diese ganzen Bücher lesen, die, zu Wolkenkratzern aufgestapelt, auf meinem Nachttischchen warten. Vier. Morgen werde ich dreißig Jahre alt. Statt eine Party zu machen, werde ich mich ins Bad legen und meine alten Tagebücher lesen. In welchem Alter hört die Jugend auf? Fünf. Ich höre mein Herz unter Wasser nicht. Ich könnte jetzt sterben und würde es gar nicht merken. Wenn ich sterbe, möchte ich eingeäschert werden und meine Asche soll ins Meer oder in den Fluss oder ins Klo gestreut werden. Lieber bin ich tot unter Wasser als tot unter der Erde. Sechs. Ich muss lernen, besser zu atmen. Am besten wäre, wenn mir die Luft so entströmte, dass ich es nicht einmal mitbekomme. Wie eine Nixe am Boden einer Badewanne. Sieben. Meine Arme sind lange Messer, die das Wasser durchschneiden. Manchmal kommt es mir vor, als gehörten die Arme gar nicht zu mir, als wären sie fremdgesteuert. Wie spät ist es? Wenn ich mit dieser Länge fertig bin, werde ich die Schwimmbrille abnehmen und auf der Uhr an der gefliesten Wand nachsehen. Acht. Meine Augen sind ganz verschleiert. Es ist schon drei, jetzt beginnt die Invasion der Kinder. Die Jungs springen mit einer Bauchlandung ins Wasser und stoßen dabei irgendwelche Indianerrufe aus. Die

Mädchen bleiben schüchtern am Beckenrand stehen und warten auf die Lehrer. Da sitzen zwei Mädchen in gleichen Badeanzügen nebeneinander. Sie schauen aus wie Zwillinge. Nein, sie *sind* Zwillinge. Die Zwillinge betrachten ihr Spiegelbild im Wasser und lachen. Ich muss weiterschwimmen. Wie viele Längen habe ich schon? Ich glaube acht oder neun. Dann ist das die zehnte. Werde nicht aufhören, bis ich zwanzig gemacht habe. Nein, besser dreißig und ohne Pause. Wenn ich zu zählen vergesse, vielleicht schwimme ich dann bis in die Dunkelheit hinein. Elf. Gestern habe ich schon wieder von Schwimmbecken geträumt. Ich war auf einer Party, bei der es lauter Schwimmbecken in verschiedenen Größen gab. Ich schwamm in allen Wassern, bis ich in eines stieg, das ganz schwarz und zäh war, und ich konnte meine Arme nicht mehr bewegen. Zwölf. Auf der rechten Bahn schwimmt eine schwangere Frau mit einem riesigen Bauch. Frage mich, ob das Baby im Bauch auch krault. Wenn man schwanger ist, verwandelt man sich in ein Miniaturschwimmbecken. Dreizehn. Das Becken ist eine Autobahn. Alle Schwimmer wollen die Führung übernehmen, wie die Autos. Ich hasse den Mann in der roten Badehose, der vor mir schwimmt. Wenn ich ihn an der Seite überholen will, zieht er in die Bahn hinein und schneidet mir so den Weg ab. Wenn ich könnte, würde ich ein Becken für mich allein kaufen, so wie das Baby im Mutterbauch eins für sich hat. Die wie vielte ist das? Die elfte? Dann ist das die zwölfte. Schwimmen ist wie eine Droge. Ich sehe waagrechte Körperhälften oder manchmal nur paddelnde Beine oder abgeschnittene Köpfe, die aus dem Wasser auftauchen und wieder eintauchen. Dreizehn. Die Kinder halten sich an gelbblauen Kunststoffbrettern fest und gleiten und paddeln so durchs Wasser. Als ich fünf war, schlug ich mir die beiden vorderen Milchzähne am Beckenrand aus. Ein paar Kinder tauchten nach den abgebrochenen Stücken, fanden aber nichts. Von da an war ein Loch in meinem Mund zu sehen, wenn ich lächelte, und alle riefen mich *zahnloses Mütterchen*. Vierzehn. Macht nichts, als Kind hat mich nie jemand für meine Schönheit bewundert. In der Schule verliebte sich niemand in mich, niemand wollte mit mir gehen, niemand malte ein Herz um meinen Namen. Fünfzehn. Ich weiß nicht, warum mich mein Vater immer in Jungenkleidung steckte. Wahrscheinlich wollte mein Vater einen Sohn, aber er bekam vier Töchter. Sechzehn. Wenn ich nach rechts atme, kann ich den Bademeister am Beckenrand sehen. Er sitzt bewegungslos auf seinem Wachsitz und sieht wie ein schwermütiger Polizist am Straßenrand aus. Sicher säße er lieber am Meer, um dort auf die Kinder in den Riesenwellen aufzupassen oder die Sonne durch die Haut dringen zu lassen. Hier kommen weder Sonne noch Vögel herein. Man muss auch nicht über den glühenden Sand gehen, wenn man ins Wasser will. Siebzehn. Es muss eine hypnotische Wirkung haben, wenn man so den Schwimmern zusieht. Sie sind wie Roboter, die immer wieder die gleiche Choreografie im Wasser wiederholen: atmen, kraulen, paddeln. Achtzehn. Eine sehr alte Frau schwimmt in Zeitlupe und hält dabei den Kopf über Wasser. Ihre Beine sind so dünn und runzlig, dass sie wie die Äste eines dürren Baums aussehen. Wenn sie schwimmt, kommt es einem so vor, als würden ihre Beine gleich abbrechen und an der Oberfläche wie Wrackteile eines gesunkenen Schiffs weitertreiben. Neunzehn. Sobald ich aus dem Wasser draußen bin, werde ich meine Mutter anrufen. Als ich sie das letzte Mal traf, sah ihr Haar wie ein Nest aus. Ich fragte sie, ob ich sie frisieren darf, und sie sagte Ja. Dann habe ich sie eine Weile gekämmt. Ihr Kopf in meiner Hand war wie der Kopf eines Toten. Zwanzig. Wenn ich je eine Tochter habe, gebe ich ihr einen kurzen Namen, damit ich ihn die ganze Zeit sagen kann. Die langen Namen kann ich nicht aussprechen, sie bringen mich zum Weinen. Einundzwanzig. Ich weine oft in der Öffentlichkeit. Ich weine im Supermarkt, in der Schlange vor dem Geldautomaten; im Restaurant, wenn ich große Portionen Nudeln verschlinge, sehen mich die Leute wie einen Hund an. Zweiundzwanzig. Unter Wasser kann man nicht weinen. Man kann unter Wasser weder küssen noch weinen, noch schlafen. Manchmal kommt es mir so vor, als könnte ich beim Schwimmen einschlafen und mein Körper würde von selbst endlos weiterschwimmen. Dreiundzwanzig. Mir tut der rechte Fuß weh. Ich werde aufhören. Habe einen Krampf. Als ob ein Nagel in meinem Bein stecken würde; bin wie ein Schwimmchristus, der ein Wasserkreuz trägt. Wenn ich den Fuß mit der Hand zu mir her biege, lässt der Schmerz nach. Muss mich wie ein Ertrinkender am Beckenrand festhalten, um nicht unterzugehen. Ich werde weitermachen. Vierundzwanzig. Ich glaube, Gott ist nicht im Himmel, sondern am Grund des Ozeans. Wenn ich im Wasser bin, habe ich religiöse Gefühle, als wären Schwimmen und Denken eine Art, in Bewegung zu beten. Fünfundzwanzig. Ich hebe den Kopf beim Kraulen zum Einatmen und sehe durch den Nebel der beschlagenen Brille eine stehende Schwimmerin am Beckenrand. Sie sieht aus wie ich. Sie steht da wie ich und trägt den gleichen Badeanzug, ich kann aber ihr Gesicht nicht richtig erkennen. Sie steht so ruhig und konzentriert da, als würde sie gleich von einem Felsenrand springen. Ich mache am Beckenrand halt, um sie besser zu sehen, aber da ist sie schon fort. Sechsundzwanzig. Manchmal glaube ich, dass es Gespenster gibt, die mich überallhin begleiten. Jedes Mal, wenn ein Radfahrer an mir vorbeirast, meine ich, meinen Exfreund in seiner kurzen Hose und seinen Arbeitsschuhen zu sehen. Siebenundzwanzig. Selbst wenn ich in einem anderen

Land bin, entdecke ich ihn im Rückspiegel, wie er mit dem Fahrrad dem Taxi folgt, das mich zum Flughafen bringt. Achtundzwanzig. Wie spät ist es jetzt? Die Kinderstunde dürfte schon vorbei sein, man hört weder Schreien noch Planschen. Neunundzwanzig. Vielleicht haben die Lehrer alle ertränkt. Vielleicht sind die Kinder, im Wasser liegend, eingeschlafen und träumen, dass sie schon alt sind. Dreißig. Morgen werde ich dreißig. Irgendwo habe ich gelesen, dass der Körper mit dreißig zu altern beginnt. Meine Beine sind müde, und mein Herz ist so trocken wie ein Kaktus. Das ist die letzte Länge.

GESPENSTER

Seit fünf Jahren lebt Nadia im selben Gebäude, aber sie spricht nie mehr als zwei oder drei Sätze und leidet im Lift unter Höhenangst. Ihr Gebäude ist ein rechteckiger Betonbau mit zehn Stockwerken, der in der Mitte in A und B geteilt ist. Es gibt insgesamt zwanzig Zwillingswohnungen mit zwei Zimmern, einem Wohnzimmer, einer Küche und einem Minibad, in denen Wesen, die nicht Nadia sind, essen, schlafen, fernsehen, ficken, baden, rauchen oder sterben. Fast jeden Tag sieht sie sie wie Gespenster auf den Gängen spazieren oder im Lift herauffahren oder ihre Türen öffnen und schließen.

Im Stockwerk über Nadia leben ein mongoloides Mädchen und ihre alte Mutter. Die Mongoloide ist in Wahrheit eine Frau undefinierbaren Alters mit dicken Brillengläsern, die von der Mutter in Mädchenkleider oder blaue Turnkleidung gesteckt wird. Eines Nachmittags versuchte die Mongoloide, Nadia während einer Liftfahrt auf den Mund zu küssen, und anschließend trommelte sie wie ein eingesperrtes Tier gegen die Wände, während die Mutter versuchte, ihre Arme festzuhalten. Seitdem wendet Nadia alle unauffälligen Tricks an, um nicht mit ihr im Lift fahren zu müssen.

Nadia hört sie immer, weil sie genau über ihrem Zimmer schläft. Die Mongoloide spricht eine Sprache aus Satzfetzen, Kreischen und wildem Gestikulieren. In manchen Nächten wird Nadia in aller Frühe von Schreien geweckt. Dann denkt sie, dass die Mongoloide von Albträumen heimgesucht worden ist. Vielleicht träumt die Mongoloide von Aufzügen voller Mädchen zum Küssen oder davon, dass die Mutter ihr die Hände abschneidet oder vielleicht hat sie einfach nur glückliche Träume, in denen die Welt voller Mongoloiden ist, und schreit beim Erwachen voller Hass auf, da sie bemerkt, dass das nicht stimmt.

Eines Morgens bemerkte Nadia, dass der Wasserfleck an der Decke ihres Zimmers wuchs, und sie beschloss, die Mutter der Mongoloiden darauf anzusprechen. Einen Augenblick lang stellte sie sich vor, dass das mongoloide Mädchen im Schlaf ins Bett gemacht hat und dass die Flüssigkeit unter ihrem Bett in einer trüben Lache zu solch einer Größe angewachsen ist, dass sie schon durch den Boden sickert.

Als sie klingelte, öffnete die Mutter einen Spalt breit, blickte mit einem Auge und halbem Mund heraus und antwortete ihr, dass sie von nichts wisse, während im Hintergrund die Schreie der Mongoloiden zu hören waren. Dann schloss sie energisch die Tür, aber Nadia gelang es, durch den schmalen Spalt, in dem gerade noch das Gesicht der Frau erschienen war, eine Wohnung zu erkennen, die so wie ihre war, nur dass an den Wänden Tapeten mit roten Blüten in Zungenform klebten und viele übereinandergestapelte Möbel wie in einem Antiquitätenladen herumstanden. Der Mongoloiden musste es wohl schwerfallen, zwischen so vielen Möbeln und Dingen zu atmen; vielleicht wäre sie glücklicher auf dem Land, wo sie herumlaufen und die Schweine anschreien könnte oder die Wolken, die über den Himmel ziehen. Der Fleck an der Decke wuchs weiter, aber Nadia kümmerte sich nicht mehr darum. Jeden Morgen beim Aufwachen betrachtet sie die neue Form, die der Fleck angenommen hat, und versucht, in ihm eine Voraussage über die Zukunft zu erkennen. Manchmal glaubt sie, dass sie am Tag, an dem der Wasserfleck die ganze Decke über dem Bett bedeckt, nicht mehr aufwachen wird.

In der Wohnung unter ihr leben zwei alte Aristokraten. Eine kleine Dame mit Sprayfrisur und ihr Mann, eine Art Seehund in

Pullover mit V-Ausschnitt, die die Versammlung der Hausgemeinschaft leiten. Beide zeigen sich immer sehr um die Eleganz der Lobby des Gebäudes besorgt, bestehen auf der Notwendigkeit neuer Farne und wollen den Holzboden durch einen Mosaikboden aus Marmorimitat ersetzen. Sie waren es, die die Möbel der Lobby ausgesucht haben: einen goldenen Schreibtisch, der zu einem ebenfalls goldenen Sessel passt. Den Sessel mit Goldimitat mussten sie wie ein Fahrrad am Tisch anketten, damit er ihnen nicht gestohlen wird.

Und unterhalb der alten Adligen lebt eine Familie mit Vater, Mutter und Kind. Der Vater ist ein Mann mit blauen, paranoiden Augen, der eines Tages an Nadias Tür klopfte und ihr erzählte, dass sie Unterschriften sammeln, um den Portier hinauszuwerfen, der ein fauler Mensch sei, der nicht putze, ein Verbrecher, der eines Tages versucht habe, in seine Wohnung einzubrechen. Nadia hörte sich die Geschichte an, versuchte sich den Portier, einen untersetzten Paraguayer mit großem Bauch, als professionellen Gangster vorzustellen, und war amüsiert. Mit zerstreuter Miene antwortete sie ihm, dass sie sich das überlegen werde, und sprach nie wieder mit ihm. Später erzählte ihr der Portier, dass der blauäugige Mann in Wirklichkeit ein Betrüger und früher der Verwalter des Hauses gewesen sei und das ganze Geld gestohlen habe. Und Nadia machte sich ein wenig Sorgen, da sie unter lauter mutmaßlichen Verbrechern lebte, aber bald vergaß sie das wieder.

Neben Nadia lebt der ledige Nachbar, der immer im Anzug zur Arbeit geht oder in Sportkleidung ins Fitnesscenter. Er ist knapp über dreißig, und Nadia glaubt, dass er seine letzten Jugendtage noch genießt, bevor er zu einem Vater mit Kind wird, von denen es so viele im Viertel gibt. Am Wochenende kommen parfümierte Frauen und junge Männer in Poloshirts in seine Wohnung, aus der

Tanzmusik durch die Tür dringt. Manchmal sieht Nadia durchs Küchenfenster, wie er mit nacktem weißen Oberkörper als halber Mann herumgeht und fragt sich, ob er auch sie im Slip gesehen hat, wie sie etwas im Kühlschrank sucht oder jemand auf dem Küchentisch küsst oder ins Telefon weint, während sie darauf wartet, dass das Teewasser kocht.

Auch die junge Frau im sechsten Stock lebt allein. Sie trägt das Haar immer kurz und Miniröcke ohne Strümpfe. Sie geht die ganze Zeit die Treppen rauf und runter, um Briefe oder Pakete in Empfang zu nehmen, die von motorisierten Männern zugestellt werden. Sie ist keine Schönheit, aber sie bewegt sich mit Anmut, während sie mit ihrem Männergefolge in Motorradhelmen spricht. Aus den wenigen Sätzen, die sie beim Grüßen austauschen, konnte Nadia nichts über diese geheimnisvollen Pakete heraushören, aber sie nimmt an, dass sie von zu Hause aus als Grafikerin für verschiedene Firmen arbeitet. Alle Grafikdesignerinnen sind sympathisch und kleiden sich wie sie in einer Mischung aus Stil und inszenierter Nachlässigkeit.

Im dritten Stock lebt der Motorradmann mit dunklem Haar, Motorradhelm, Jeansjacke, Zickzackgang. Abends sieht man ihn auf der Schwelle des Gebäudeeingangs Bier trinken oder rauchen. Er schaut die Leute nie an, die das Gebäude betreten, und manchmal wird er von seinem zehnjährigen Sohn schweigend begleitet, einem blasshäutigen blonden Jungen, der ihm nicht sehr ähnlich sieht und dessen Haar er manchmal krault wie bei einem Hund. Gemeinsam warten sie auf eine blonde Frau, die ihr Auto parkt und den Jungen ohne viel Worte mitnimmt. Der Motorradmann hat einen starken Dialekt und benutzt ständig Kraftausdrücke, die überhaupt nicht zu diesem Gebäude mit den frisierten Frauen passen. Nadia stellt sich vor, dass der Motorradmann ein Dealer ist, denn ständig kommen junge Männer in seine Wohnung, die ihn grüßen ohne ihn, wie sonst üblich, auf die Wange zu küssen, so wie man eben einen Arzt oder Hausangestellten begrüßt.

Wer aber in Wirklichkeit am meisten Besuch bekommt, das ist der fettleibige Pfadfinder im Untergeschoss. Zwischen zehn bis fünfzehn Jugendliche in beiger Uniform durchqueren einmal pro Woche im Laufschritt die Eingangshalle des Gebäudes. Nadia kommen sie wie eine Herde Kühe vor, die die Welt mit Hilfe von Zeltlagern, guten Absichten und absurden Ritualen retten wollen. Das beige Heer läutet, und die Mutter des fettleibigen Pfadfinders, eine spindeldürre Frau mit intelligenten Zügen, die an einem Stock geht, als würde sie gleich zerbrechen, öffnet ihnen die Tür. Der Fettleibige und seine Mutter empfangen die Helden in Bermudas mit größter Glückseligkeit, und man kann sich nur schwer vorstellen, welche guten Taten die Pfadfinder sich ausdenken, während sie in der Wohnung des Fettleibigen und seiner Mutter Tee mit Gebäck zu sich nehmen.

Die Pfadfinder sind nicht die einzigen Uniformierten, die in diesem Gebäude herumgehen. Da ist auch ein blonder Soldat, der hie und da auftaucht. Er verfügt über eigene Schlüssel, deswegen weiß Nadia, dass er kein Besucher, sondern ein Soldat ist, der immer wieder mal nach Hause kommt. Sie hat ihn nie sprechen gehört und könnte auch nicht mit Sicherheit sagen, in welcher Wohnung und ob er allein oder mit Familie wohnt. Wenn sie ihn sieht, fragt Nadia sich, wie das Leben als Soldat ohne Kriege ist. Ob er seine Tage damit verbringt, auf Pappfiguren in Menschengestalt zu schießen, in Shorts im Militärcamp herumzulaufen oder einfach mit anderen Männern Mate zu trinken, bis wieder ein Tag zu Ende geht, ohne dass es etwas zu tun gegeben hat.

An einem Wintersonntag kehrt Nadia um Mitternacht aus dem

Kino zurück und als sie vor der Eingangstür des Gebäudes die Schlüssel in ihrer Jacke sucht, bemerkt sie, dass sie sie nicht dabeihat, dass sie sie sicher in ihrer Wohnung zurückgelassen hat. Sie drückt bei der Haussprechanlage die Klingel des Pfadfinders im Untergeschoss, der sie schon mehrmals gerettet hat, als sie den Schlüssel verloren hatte, aber niemand antwortet. Dann klingelt sie im ersten Stock, und eine kleine Frau erscheint auf dem Balkon, betrachtet sie argwöhnisch und geht wieder. Später erscheint die gleiche kleine Frau mit ihrem kleinen Mann wieder auf dem gleichen Balkon, und als Nadia sie von der Straße aus darum bittet, ihr die Tür zu öffnen, antworten sie ihr, dass sie eine Fremde nicht ins Haus lassen können. Nadia entgegnet ihnen, dass sie seit fünf Jahren in diesem Gebäude wohnt, dass sie die Wohnung von ihrer Oma Dora geerbt hat und dass sie bitte die Haustür öffnen sollen. Sie sehen einander an, und der Mann sagt, dass sie sich an eine alte Frau mit Namen Dora erinnern, aber dass sie sie nie zuvor gesehen haben, und sie verschwinden wieder im Innern.

Schließlich klingelt Nadia in allen Stockwerken, bis der Nachbar von 6B antwortet und ihr die Tür wie im Schlaf öffnet. Nadia erkennt nun im Schlafwandler den jungen Vater wieder, der manchmal mit einem Aktenkoffer oder einer Frau oder einem Kinderwagen durch die Lobby geht. Während sie das Gebäude betreten, bedankt Nadia sich mehrmals, und auf der Fahrt im Lift fragt sie ihn nach seinem Namen. Aber als sie in seinem Stock ankommen und sich verabschieden, merkt Nadia, dass sie den Namen ihres Retters schon vergessen hat.

Oben dann, während sie vor ihrer Wohnungstür darauf wartet, dass der Schlosser die Tür öffnet, denkt Nadia, dass wohl auch sie für die anderen ein komisches Gespenst ist.

SONNTAG

Der Sonntag wird zum Messer im Magen, sechs oder sieben Minuten nach dem Erwachen. Ich weiß nicht, ob es die Alkoholreste von Samstagnacht sind, die noch in mir kreisen, oder die Mittagssonne auf der geschlossenen Jalousie. Wie ein verwundetes Tier schleppe ich mich zur Badewanne und verharre, während der Duscheregen auf meinen Rücken prasselt.

Vor dem Badezimmer klingelt das Telefon, und ich weiß, dass es meine Mutter ist, die mich mit einem Stück Kuh auf dem Tisch zum Mittagessen erwartet. Ich stelle mir vor, wie meine Mutter, das Haar auf dem Kopf wie ein wildes Nest, in einem langen T-Shirt als Pyjama herumläuft. Sie bleibt mit dem zwischen Schulter und Ohr eingeklemmten Hörer vor dem Kühlschrank stehen und lauscht dem Freizeichen, das in Wellen kommt, während sie Tomaten in Zeitlupentempo aus einer Lade nimmt. Ich laufe also mit nassem Haar und mit einem Handtuch bekleidet aus dem Bad, lasse dabei eine Tropfspur auf dem Boden zurück und bestätige, dass ich zu ihr komme.

Auf der Straße tut mir die Sonne in den Augen weh, und der Wind streicht durch meine Achseln hindurch, was mich einen Augenblick lang das Messer im Magen vergessen lässt. Mit schlafwandlerischem Schritt gelange ich zur Haltestelle des Busses, der zum Haus meiner Eltern fährt. Noch ganz blind von der Sonne, setze ich mich neben ein rachitisches Mädchen, das mich bittet aufzustehen. Ich erhebe mich und sehe unter mir ein Baby mit Kopf und Gliedern aus Plastik, das mich mit inquisitorischem Blick ansieht. Das Mädchen nimmt das Baby in seine Arme und sagt zu ihm: »Wenn wir zuhause sind, werde ich dich baden.« Und plötzlich tauchen die Bilder von Samstagnacht wie ein Fotoalbum in meinem Kopf auf: Ich auf der Party, den Kopf ins Waschbecken im Badezimmer steckend, ich vom Glas eines Mannes mit einem Gitarrenkoffer in der Hand trinkend, ich durch eine Menschenmenge gehend, in der alle mit beinahe geschlossenen Augen tanzen.

Ich drücke die Klingel bei meinen Eltern und setze mich auf die Treppenstufe, weil ich weiß, dass sie eine Weile brauchen werden, um mit ihren alten Beinen durch das Haus bis zur Tür zu gelangen. Als Erster kommt Reo, der Hund, der mich am Geruch erkennt und hinter der Türe zu winseln beginnt, bis meine Mutter öffnet und Reo mich anspringt und mir das Gesicht leckt, mir dabei die Krallen in die Arme bohrt und dann mit seinem wedelnden Schwanz, der wie eine Minipeitsche die Luft in alle Richtungen zerschneidet, folgt. Mein Vater spricht mit dem Hund Englisch, und der Hund legt sich auf sein Kissen neben dem Tisch, während mein Vater und ich wie bei einem Cowboyduell einander gegenüber Platz nehmen. Vor dem Stück Kuh sitzend, erzählt meine Mutter, dass die Frau, die auf mich als Kind aufgepasst hat, gestorben ist, dass die Tochter meiner Kusine beim Karneval in einem Bananenkleid getanzt hat, dass dieser Literaturprofessor eine üble Schwuchtel sei, die nicht altere, dass ich mir die Zähne richten lassen sollte, die wie Schilf in einem schäumenden Fluss aussehen; wäre das nicht, wäre ich nämlich so schön wie sie, die in ihrer Jugend die Eisverkäufer und die Universitätsprofessoren und Freunde meines Vaters verzaubert habe. Und mein Vater sieht mich aus seinen blauen Augen an und macht einen Witz über meine Mutter, während er ein wenig Wein trinkt und den Hund unter dem Tisch streichelt. Ich esse wie ein Strauß mit dem Kopf im Teller und in meinen Ohren die Stimme meiner Mutter, die wie ein Radio aus einem Land klingt, das keine Zensur kennt. Während Unmengen unmöglicher Nachrichten aus dem Mund meiner Mutter kommen, fällt mir wieder die letzte Nacht ein: wie ich die Haare auf der fast finsteren Tanzfläche schüttle, wie ich die Hand des Mannes mit dem Gitarrenkoffer nehme, wie ein rothaariges Mädchen und ich einen Joint im Hof rauchen.

Als ich meinen Kopf aus dem Teller ziehe, zeichnet mein Vater die Karte einer europäischen Stadt in die Luft. Er beschreibt eine Kirche, von der es zu einer Passage mit einer geheimen Buchhandlung geht; dort muss man dann die Brücke über den Fluss nehmen, die auf eine Terrasse mündet, von der aus man die ganze Stadt von oben sieht. Und ich blicke meinen Vater an, und er kommt mir wie ein imaginärer Fantasiereisender vor, der seine liebsten Städte vom Schreibtisch aus mit einem Stadtplan in der Hand durchstreift.

Und so wird es fünf, und wir trinken Kaffee, während Reo noch immer seinen Schwanz wie eine Minipeitsche durch die Luft sausen lässt. Ich blicke auf die Uhr, sage, dass es schon spät sei und eile auf die Straße hinaus, als würde ich von unsäglicher Reue verfolgt. Eine Weile lang gehe ich mechanisch vor mich hin und überlege mir, was ich mit dem Bündel leerer Stunden, die dieser Sonntag noch bereithält, anstellen werde. Auf der Straße steht ein Bett mit einer jungen Frau und einem Baby, die unter freiem Himmel schlafen. Mitten auf der reichsten Straße der Stadt schlafen eine Mutter und ihr Kind auf einer Matratze, die mit geblümter Bettwäsche bedeckt ist, als wären die Mauern eines Gebäudes eingestürzt und sie irrtümlicherweise dort gelandet. Ich möchte ihnen gerne etwas geben, aber sie schlafen, und ich weiß nicht, ob ein Geldschein auf dem Kissen das Richtige ist. Eine Weile kreise ich in ihrer Nähe herum und weiß nicht, was ich tun soll, bis ich merke, dass es sechs ist. Wieder spüre ich das Messer im Bauch und merke, dass ich mich mit jemandem treffen muss, der bei mir bleiben will, bevor die Sonne auf die Straße sinkt und die Nacht anbricht.

Ich rufe Jota an, und er holt mich mit seinem Auto ab, um mich ans Ende der Stadt zu bringen, wo nur noch Fluss und wildes Dickicht sind. Während wir auf der Uferpromenade entlanggehen, erzählt mir Jota einen Film über Außerirdische, in dem sich die Ärztin in einen Alien verliebt, der gekommen ist, um die Erde zu vernichten. Ich höre ihm zu, aber mein Kopf schlägt Purzelbäume in die Vergangenheit, das Messer dreht sich in meinem Magen, und plötzlich fange ich zu weinen an. Jota streckt seinen langen linken Arm nach mir aus, gibt mir einen Kuss auf den Mund und umarmt mich dann, während es mich durchschüttelt, denn wenn ich weine, verschlucke ich mich, und bekomme eine Art Schluckauf. Und da stehe ich und weine, die Arme um Jota geschlungen wie um einen Mensch gewordenen Baum, während an uns Hunderte Statisten vorübergehen, die am Flussufer entlangspazieren. Ein Junge mit einem tragbaren Aufnahmegerät, eine alte Frau mit einem geblümten Kleid am Arm einer anderen alten Frau mit einem gesprenkelten Kleid, ein Mann im Ruderleibchen mit behaarten Schultern, der hinter einem Kind hergeht, das vom Rad zu fallen lernt, ein Mädchen mit einem Hund in einem Fußballtrikot. Jota streift mit seinen langen Fingern schweigend über mein offenes Haar, und da er so groß ist, senkt sich mein Kopf wie ein melancholischer Strauß auf seine schmale Brust.

Wir spazieren bis zum Ende der Uferpromenade und kommen zu der unter freiem Himmel liegenden Tanzfläche, wo die Paare ihre Straßentänze aufführen, während ein blinder Provinzsänger

Lieder zu seiner Gitarre zum Besten gibt. Der blinde Sänger trägt einen braunen Anzug und eine schwarze Mafiabrille und singt laut, damit die Tänzer, die in diesem Viereck dahingleiten, nie zum Stillstand kommen. Jota und ich sehen vom Rand aus zu, sind gebannt von dieser öffentlichen Zurschaustellung. Ein schlaksiger Mann kreist um eine Frau mit rotgelocktem Haar, die ihre Arme zum Himmel hebt, ein dicker Fünfzigjähriger und seine blonde Frau mit einem Vogelgesicht führen das Remake des Rock'n'Rolls ihrer Jugendzeit auf, inzwischen aber in Zeitlupe. Zwei junge Sportler bewegen ihre elektrischen Hüften, ein paar Mädchen laufen auf der Tanzfläche herum und bleiben stehen, um Geheimnisse auszutauschen oder über etwas zu lachen.

Der Blinde bekommt am Ende des Lieds großen Applaus, und bevor er abtritt, lädt er die Anwesenden ein, seine CD zu kaufen, die seine Frau mit breitem Lächeln auf einem Liegestuhl sitzend anbietet. Danach erscheint ein Mann mit schwarzem Hut, der eine Cumbia-CD auflegt und voll aufdreht, während sich der Blinde in Begleitung seiner Frau zurückzieht, die ihm die Treppe hinabhilft und die Gitarre im Koffer verstaut. Alle Tänzer bewegen ihre Körper immer unbändiger, bis sie in tropischem Fieber schwitzen.

Jota und ich entfernen uns von den Tropikaliern und steuern auf einen Imbissstand zu, um einige Grillfleischsandwichs einzuwerfen. Während wir mit fettigen Fingern essen, erzählt Jota, dass er nicht mehr mit der Blonden von früher zusammen ist, weil sie das Hirn einer Siebenjährigen hat, und dass das Mädchen, mit dem er jetzt ins Bett geht, schlafende Tiere fotografiert, weil sie behauptet, dass man auf den Fotos sehen kann, was sie träumen; aber eigentlich würden ihn die Mädchen nicht interessieren, sondern er konzentriere sich jetzt ganz auf die Musik, nachdem er bei einem Motorradunfall fast seinen letzten Atemzug getan hätte. Ich sehe ihn an, während ich schwer am Fleisch kaue, und seine Hundeaugen und schlanken Arme kommen mir so vollkommen vor, dass ich glaube, dass ich mich in ihn verlieben könnte, wenn ich mein Herz nicht schon einem anderen verkauft hätte.

Das Fleisch geht schließlich hinunter, und ich denke, dass ich den Sonntag damit verbracht habe, Stücke von verschiedenen Kühen zu essen, die sich in mir nun zu einer Frankenstein-Kuh zusammenfügen, die aus mir herausspazieren wird, sobald ich den Mund öffne. Und ich erinnere mich an das Messer im Bauch, und es kommt mir vor, dass ich es fast nicht mehr spüre, aber noch erinnere ich mich an die letzten Bilder der Nacht: wie ich dabei bin, einen Mann mit Gitarrenkoffer zu küssen, wie ich schreiend etwas von mir gebe und das Glas auf den Boden schmeiße, wie meine Freunde mich in ein Taxi setzen, die Stadt, die sich wie ein Kreisel um mich dreht, während das Taxi mich mit offenem Fenster nach Hause bringt.

Der Abend an der Flusspromenade frischt immer mehr auf. Jota borgt mir seinen um drei Größen zu weiten Pullover und bringt mich in seinem Auto nach Hause zurück. Als ich in den Lift steige, sehe ich mich im Spiegel, und es kommt mir vor, als wäre ich den ganzen Sonntag geschrumpft und nun eine kleine Ratte in einem viel zu großen Pullover.

CHINA

China hat braune, geschlitzte Augen und eine dunkle Haut mit Falten, so tief wie die kahlen Berge des Nordens. Klein und kräftig von Statur bewegt sie sich mit zerstreuter Langsamkeit, die sie fast unsichtbar in der Masse der Menschen macht, die täglich aus der Umgebung zur Arbeit in die Hauptstadt kommt. Jeden Morgen fährt China ungefähr zwei Stunden, um in den teuren Vierteln Wohnungen zu putzen. Sie verlässt das Haus, geht fünfhundert Meter, nimmt einen Bus, dann einen Zug, anschließend noch einen Bus und läuft danach noch einmal ein Stück. In der Hand trägt sie eine kleine schwarze Tasche mit ihrer Putzkleidung, einen Kamm, ein Radio, ein paar Fahrkarten und manchmal auch etwas zum essen für unterwegs.

China kommt am Morgen mit ihren kurzen Schritten und öffnet leise die Tür. Danach schlüpft sie ins Bad und legt ihre Putzkleidung an; im Grunde dieselbe, die sie zum Ausgehen verwendet, nur in schlechterem Zustand. Bevor sie mit dem Putzen anfängt, fragt sie: »Womit soll ich beginnen?«, und fast immer beginnt sie mit dem Bad oder der Küche.

China putzt bei leise gestelltem Radio. Es laufen Liebeslieder, während sie die Badewanne putzt, die tierhaften Höhlungen der Toilette säubert, mit einem gelben Tuch über die Rillen des Waschbeckens fährt. Wenn sie ein Lied spielen, das ihr gefällt, summt sie mit, und es klingt wie ein Mmm ganz tief in ihr. Wenn ihr die Musik nicht gefällt, wechselt sie den Sender, um Männern zuzuhören, die mit anmaßender Stimme die Themen des Tages diskutieren und so tun, als säßen sie am Tisch einer Bar. Wenn sie ins Wohnzimmer kommt, dreht sie sich beim Kehren wie eine Eisläuferin in Zeitlupe um sich selbst. Sie holt den Putzlumpen, trägt, barfuß langsam und leicht zur Seite geneigt, den Eimer mit Wasser und stellt alle Stühle umgekehrt auf den Tisch, als wären es Menschen, die mit dem Kopf nach unten am Tisch sitzen. Sie hebt das filigrane Tischchen, das einem Windhund gleicht, auf und schiebt den Polstersessel zur Seite, der für ihren stämmigen siebzigjährigen Körper wie ein kleiner Berg ist. Den Boden wischt sie auf allen vieren, da sie Rückenschmerzen bekommt, wenn sie den Wischer im Stehen führt. Und so gleitet sie auf allen vieren Meter für Meter über das Parkett und macht halbkreisförmige Bewegungen mit dem Bodentuch, das eine feuchte Spur hinter ihr zurücklässt.

Wenn sie ins Zimmer kommt, fragt sie, ob die Kleidung auf dem Boden zum Waschen ist, oder ob sie sie gefaltet in den Schrank legen soll. Dann packt sie das Bett mit ausgestreckten Armen und ruckelt mit gebeugten Beinen an ihm, bis es ihr gelingt, es ein klein wenig von der Wand zu ziehen, um unter dem Bett zu kehren. Mit dem Besen schiebt sie eine amorphe Schicht aus Staub, Haaren, Bustickets, Fetzen von Kondomverpackungen, Kugelschreibern, gebrauchten Kaugummis hervor. China verliert keine Zeit damit, sich den Schmutz genauer anzusehen, da sie kein Interesse am Privatleben anderer hat und auch keine Zeit, irgendwelche Spekulationen darüber anzustellen, und außerdem gilt ihre Aufmerksamkeit ganz der Radiomusik, die sie weit weg führt vom Bett, dem Staub, von den verlorenen Dingen.

Eines Tages, als sie das Geschirr wusch und ich mir mit von stundenlangen Schreibversuchen leerem Blick etwas zum Essen machte, fragte ich sie, wie sie nach Buenos Aires gekommen ist, und sie begann Dinge zu erzählen, von denen sie zuvor noch nie gesprochen hatte. Ich weiß nicht, ob es an meinen Fragen lag, die ich bis dahin nie gestellt hatte, oder ob sie zum ersten Mal meinte, mir vertrauen zu können, oder ob es ihr leid tat, mich so melancholisch zu sehen, dass sie mir etwas zum Schreiben geben wollte.

China erzählte mir, dass ihr Vater ein Gaucho mit nur einem Bein war, der in Corrientes mit einer Frau lebte, die keine Kinder bekommen konnte, und eines Tages mit einer anderen Chinesin eine Affäre hatte, aus der China hervorgegangen ist. Und da ihre Mutter bald nach der Geburt gestorben ist, hat der Gaucho die Tochter, die er mit einer anderen gezeugt hatte, zu seiner sterilen Frau nach Hause gebracht, damit sie sie aufzieht. Die sterile Ehefrau sorgte sieben Jahre für China, aber dann bekam sie Krebs, und nun musste China für sie sorgen, denn der Vater trank nur mehr. Als die sterile Frau starb, wurde der Vater zu einem noch größeren Säufer, und China irrte verloren durch die Straßen. Damals sagte ein Polizist im Dorf zum Gaucho, dass er seine Tochter, wenn er schon nicht auf sie aufpassen könne, irgendeinem Verwandten schicken solle, oder sie würden sie in ein Waisenhaus stecken. Und der Gaucho schickte das Mädchen zu seiner Schwester, die mit vielen Kindern in der Umgebung von Buenos Aires wohnte und sie mit zehn zum Putzen in fremde Häuser schickte.

Als sie größer wurde, lernte sie ihren Mann kennen, an dessen Beruf ich mich nicht mehr erinnere, aber sie waren sehr glücklich zusammen, bis sie bemerkten, dass auch Chinas Körper keine Kinder bekommen konnte. Da meinte jemand zu ihnen, warum sie denn nicht mit dieser Frau aus dem Viertel reden, die so viele Kinder hat, dass sie ihr wie Pflanzen auf einem verlassenen Balkon eingehen. Da ging China zu ihr, und die Frau gab ihr ein mageres und kränkliches Kind, das China mit Hingabe aufzog. Und so lebte China mit ihrer kleinen Familie, bis ihr Mann an Krebs starb. Später wurde ihre kränkliche Tochter zu einer kräftigen Frau, die sich in einen Mann verliebte, mit dem sie eine Tochter hatte, aber der bald darauf verschwand. In der Folge lebten die Tochter und die Enkelin zusammen mit China und bildeten ein Nest kräftiger Frauen.

Als sie mit der Geschichte und dem Aufräumen der Küche fertig war, verharrten wir eine lange Weile in Schweigen, und anschließend bot ich ihr Tee und etwas zu essen an. Den Tee nahm sie an, aber das Essen nicht, und ich fragte mich, wie lange sie schon nicht mehr gegessen hatte. Als ich Geld holte, um sie zu bezahlen, spürte ich, dass alles, was mir China erzählt hatte, sich wie schwere Steine in mir angehäuft hatte. Darauf holte ich die Taschen mit alter Wäsche, die ich im Schrank hatte, und legte sie mit der Frage vor sie hin, ob sie nicht Kleidung für ihre Tochter oder Enkelin brauche.

China antwortete mir, dass ihre Tochter zwar mein Alter habe, ihr meine Kleidung aber nicht passe, weil sie ein wenig dicker sei, und zeigte beim Lachen ihre zerbrechlichen Zähnen. Sie erzählte mir, dass sie ihrer Tochter als Nachtwächterin auf einem Parkplatz gekündigt hatten, weil sie stehend eingeschlafen war, aber dass sie nun eine neue Arbeit bei einem Sicherheitsdienst in einem Einkaufszentrum gefunden habe, zehn Stunden am Tag, ohne Pause, aber dass ihr diese Arbeit besser gefalle, weil der Ort schön sei und sie herumgehen und Schaufenster ansehen könne. Aber ihrer zwölfjährigen Enkelin würde die Kleidung sicher passen, denn sie sei großgewachsen und sehe schon wie ein Fräulein aus; sie freue sich sicher über so viel praktisch ungetragene Kleidung.

Und ich stellte mir Chinas Enkelin mit meiner alten Kleidung wie eine Kopie von mir vor, nur viel jünger und ärmer. Und ich fragte sie, wer denn den ganzen Tag auf das Mädchen aufpasst, wenn ihre Mutter und auch ihre Oma so viel arbeiten, aber sie meinte, dass die Kleine auf sich selbst schaue, dass sie niemand brauche. Und während China ins Bad ging, um die Kleidung für die Rückfahrt zu wechseln, musste ich daran denken, dass auch meine Mutter viel arbeitete, als ich klein war, und dass ich den ganzen Tag mit dem gerade aktuellen Kindermädchen verbrachte. Und alle Kindermädchen meines Lebens zogen an mir wie ein Album von Ersatzmüttern vorüber.

Ich erinnerte mich an Liliana, die ich liebte, weil sie sehr blond war und es mir extravagant vorkam, ein blondes Kindermädchen zu haben. Liliana nahm mich eines Tages in ihr Zimmer mit, um mir ihre Minibrüste zu zeigen, die sie wie eine Hündin auf dem Bauch trug. Sie sagte mir, dass das eine Missbildung sei, die *überzählige Brüste* genannt werde, und dieser Ausdruck hatte sich mir lange Zeit eingeprägt.

Danach kam eine andere, an deren Namen ich mich nicht mehr erinnern kann, aber ich weiß noch, dass sie vierzehn war, aber den Körper einer Frau hatte und einen zwanzigjährigen Freund, und dass mich beide mit Schokolade erpressten, damit ich nichts meiner Mutter sagte, wenn sie mich auf die Plaza mitnahm und der Freund mitging. Und während ich in der Hängematte hin und her schaukelte wie eine flüchtige Sternschnuppe, küssten sich die beiden wie verrückt unter den Bäumen.

Und dann war da noch Noelia, die mich fest mit der flachen Hand schlug, aber da meine Mutter mir nicht glaubte, musste ich die Schläge drei Monate lang erdulden, bis sie sie schließlich hinauswarf, weil sie ein paar Dollars aus der Schublade mit den Strümpfen gestohlen hatte. Ich erinnere mich, dass Noelia am Tag ihres Rauswurfs lautstark mit meiner Mutter stritt und mit den Wohnungsschlüsseln fortging. Am nächsten Sonntag, als wir von einem Tag außer Haus zurückkehrten, entdeckten wir, dass Noelia ihren Namen auf alle Stühle des Esszimmers geschrieben hatte. Noelia, Noelia, Noelia, mit Kuli in Blockschrift, als wäre das ihre Signatur. Viele Jahre lang lebten wir mit ihrem in unsere Wohnung tätowierten Namen. Die Rache war perfekt und dauerte so lange, bis mein Vater beschloss, neue Esszimmerstühle zu kaufen.

Und während ich mich weiter an die Kindermädchen meiner Kindheit erinnerte, kam China in ihrer Straßenkleidung aus dem Bad. Sie hielt den Kamm unter den Wasserhahn und kämmte sich ihr tiefschwarzes Haar mit Wasser und sah sich dabei auf den spiegelnden Küchenfliesen an. Nachdem sie sich gekämmt hatte, gab sie mir einen Kuss auf die Wange und meinte, dass sie heute nur eine Kleidertasche mitnehme, weil sie sehr schwer sei und die Fahrt sehr lang, und dass sie nächste Woche die andere mitnehme. Und sie ging mit ihrer Tasche in der einen und mit der Tasche mit meiner Wäsche in der anderen Hand durch die Tür hinaus auf ihren schweigsamen Weg an den Stadtrand.

DIE POSTNUKLEAREN

Ab Mitternacht stehen sie an der Tankstelle, um den Autos auf der Avenida Libertador hinterherzuschauen. Die dickleibige Mutter und der geistig behinderte Sohn sind zwei menschliche Skulpturen, von den Wellenbewegungen der Reifen und der Lichter der Autos gebannt. Als würden sie vor einem unsichtbaren Fernseher stehen, wechseln sie kein Wort miteinander. Manchmal nehmen sie einen Schluck Coca-Cola aus einer Eineinhalbliter-Plastikflasche. Manchmal beginnt sich das geistig behinderte Kind in einem spastischen Tanz vor den Autos zu bewegen.

Die dickleibige Frau ist um die fünfzig, hat grau meliertes Haar und die rötliche Haut der Frauen vom Land. Das Alter des Jungen ist schwer zu schätzen, da er den Körper eines Zwölfjährigen hat, aber einen Schnurrbart trägt und die Augen eines Mafioso hat, die ihm das Aussehen eines Sechzehnjährigen geben.

Wahrscheinlich hat sie der Vater eines Tages ohne Erklärung verlassen. Der Vater könnte auch bei einem Autounfall umgekommen sein, und deswegen stehen sie die ganze Nacht an der Avenida wie auf einem Friedhof, oder als würden sie darauf warten, dass ein Wagen mit heruntergelassener Scheibe und dem Geist des Vaters am Steuer vorbeifährt.

Mutter und Sohn sprechen nie mit der Sekte der Frauen mit den dritten Zähnen, auch nicht mit den blonden Turnerinnen, den Indiodienstmädchen, den Hunden mit Mäntelchen oder den sonnenverbrannten Männern, die hier in dieser Gegend wohnen. Es ist fast unmöglich, sie bei Tageslicht zu sehen. Ganz selten nur trifft man sie am Nachmittag im Supermarkt an, wo sie im Schneckentempo ihre Runden auf der Suche nach Milch oder Reis drehen. Von meinem Balkon aus sehe ich, wie sie bis zum Morgengrauen in stummer Betrachtung der Avenida verharren. Manchmal schlafe ich ein, ohne dass sie ihre Position verändert hätten. Sie sind wie zwei Philosophen der Geschwindigkeit oder zwei Soldaten auf einem Herointrip oder zwei in Autos verliebte Roboter.

Oft habe ich daran gedacht, sie anzusprechen, aber jedes Mal, wenn ich mich ihnen nähere, bedeutet mir ihr Blick, dass ich sie besser nicht stören soll. Mir scheint, sie erkennen mich wieder und wissen, dass ich aus der Nachbarschaft bin. Vor allem der geistig behinderte Junge sieht mich mit stechenden Augen an, wenn er nah an mir vorübergeht, wobei er mit den Händen zittert und den Kopf schüttelt. Jeder Schritt seiner Beine löst eine Kette verrenkter und unkontrollierter Bewegungen aus, die seinem Gang etwas Stummfilmhaftes geben.

Ich kann mir kaum vorstellen, dass sich der Junge schon mal in jemanden verliebt hat, aber man ahnt, dass sein Begehren so maßlos ist wie das aller Pubertierenden. Auch die dickleibige Frau scheint keinen Freund zu haben. Vielleicht schläft sie hie und da mit einem Unbekannten, wenn das Kind in der Behindertenschule ist.

Die Mutter wird sich schon überlegt haben, was sie mit dem Begehren des Kindes anfängt. Viele Mütter bezahlen Prostituierte für das erste Mal ihrer behinderten Kinder, während andere spezielle Treffen mit anderen geistig behinderten Mädchen der Schule arrangieren. Wenn sich die Mütter von zwei geistig Behinderten entscheiden, ihre Kinder zusammenzubringen, lassen sie sie allein in einem Zimmer und warten wie zwei Leibwächter davor und trinken Tee. Sie aber weiß noch nicht, was das Beste für das sexuelle Begehren des Kindes ist; im Moment geht er am liebsten auf die Avenida und sieht zu, wie die Autos vorbeifahren.

Es fällt einem schwer, sich vorzustellen, was sie am Tag machen, vor allem, wenn man sich überlegt, dass sie fast die ganze Nacht nicht schlafen. Vielleicht steht die Mutter gegen Mittag auf, um das Kind zur Schule zu schleifen, oder vielleicht geht das Kind überhaupt nicht in die Schule und träumt den ganzen Tag von Autobahnen, oder vielleicht schläft keiner von beiden je.

Seltsam ist auch, warum sie in einem reichen Viertel wohnen, wo die Mutter doch offensichtlich nicht arbeitet und das Kind kein Geld verdienen wird. Vielleicht bekommen sie irgendeine Hilfe, Schecks vom geschiedenen Vater, oder verfügen über das Erbe der Großeltern, eine staatliche Unterstützung. Andererseits geben sie wohl kaum Geld aus. Sie gehen nicht essen oder ins Kino und tragen immer dieselbe Kleidung. Der Junge einen grünen Pullover und Jeans. Die Mutter eine blaue Jacke und einen langen Rock, grau wie eine Felddecke.

Vielleicht leben sie in den billigen Wohnungen oberhalb des chinesischen Supermarkts und hören dort auf Chinesisch die Streitereien der chinesischen Familien und spüren die ganze Nacht, wie das Licht des Supermarktsschilds, das von ihrem Balkon herunterhängt, auf das Kissen scheint. Vielleicht hat der geistig behinderte Junge sogar eine kleine chinesische Freundin, mit der er, auf Kartonkisten sitzend, chinesische Filme ansieht.

Oder sie leben im Erdgeschoss eines großen Gebäudes, in einer Miniwohnung, dort, wo gewöhnlich der Hausmeister lebt. Vielleicht war der Vater des Kindes sogar ein Hausmeister, der sich von einer Terrasse stürzte, und die Bewohner hatten nicht den Mut, die Familie auf die Straße zu setzen.

Es wäre aber auch nicht völlig verfehlt anzunehmen, dass sie reich sind, sich aber arm anziehen, weil es Anarchisten sind, weil sie verwirrt sind oder ganz einfach, weil es ihnen egal ist, was die anderen über ihr Aussehen oder ihren Lebensstil denken. Denn alles in allem liegt auch etwas Melancholisches und Hochmütiges in ihrem nächtlichen Posieren, was ihnen einen aristokratischen Zug verleiht.

Ich kann mich nicht daran erinnern, ab wann ich sie die *Postnuklearen* zu nennen begann. Aber ich weiß, dass ich ihnen diesen Namen gab, weil sie wie die Überlebenden einer zukünftigen Atomkatastrophe aussehen.

Wenn sie so aufrecht mit dem vom Fahrtwind der Autos bewegten Haar an der Avenida stehen, hat man das Gefühl, dass sie in die Ferne blicken und sich an eine Welt erinnern, die es nicht mehr gibt.

JULIA

Julia hält den Föhn wie einen Revolver an ihren Kopf. Das Haar fliegt zur Seite, als wäre es Schilf am Flussufer. Der Lärm des Föhns ist ein wütender Wind in den Ohren. Mit geschlossenen Augen streicht sie durch die Haarsträhnen. Das ganze Bad ist voller Dampf.

Noch ganz hypnotisiert vom Föhn, hört sie ein Geräusch und öffnet die Augen. Durch das matte Glas des Badefensters sieht sie zwei in einen Flügelboxkampf verstrickte Tauben. Das Schauspiel kommt ihr grotesk vor, und Julia wirft eine Seife gegen das Fensterglas, um sie zu verscheuchen. Die Tauben drehen einander den Rücken zu. Jede geht in ihre Ecke, wie am Ende einer Boxrunde.

Julia öffnet die Badetür, schnappt sich einen Apfel vom Küchentisch und schiebt das Fahrrad in den Morgen hinaus. Draußen in der Sonne verzieht sie geblendet die vom Schlaf ohnehin noch stark geschlitzten Augen zu noch kleineren Schlitzen. Sie setzt sich aufs Fahrrad und lässt das Top in der Luft flattern. Die Straßen sind vom Wind bewegte Fotos.

Zwei Kilometer fährt sie wie eine Schlafwandlerin, die Turnschuhe treten die Pedale von allein. Die Tierhandlung erreicht sie mit einem Schweißschnurrbart und zur Seite gewehten Stirnfransen. Dort sperrt sie das Vorhängeschloss auf, schiebt den Blechrollbalken nach oben, stellt ihr Fahrrad ins Hinterzimmer und macht das Radio an, in dem Weihnachtswerbung läuft. Mit einer dickbauchigen Gießkanne und ein paar kleinen Eimern verteilt sie Wasser an die Tiere.

Die Kanarienvögel stehen in der Sonne und singen nicht; sie

bewegen nur mechanisch ihre Köpfe auf der Suche nach Vogelfutter. Ein Papagei im Profil wiederholt tausend Mal Julias Namen, und sie muss lachen. Im Schildkrötenheim liegen Salatreste und Kothaufen herum, die sie die Nase rümpfen lassen. Die Schildkröten sind schmutzig, lassen sich aber zu hohen Preisen verkaufen. Jede Woche kommen verzweifelte Mütter in die Tierhandlung, um ein prähistorisches Spielzeug für ein krankes Kind zu kaufen. Die siamesischen Katzen üben in einem Luxuskäfig miteinander Fechten. Julia gibt ihnen bei offenem Käfig etwas zu essen, und die Siamesen klettern ihr über den Oberkörper, die Schultern, den Kopf. Sie lässt sich vom Schwung des Katzensprungs umreißen, fällt auf den Boden und die Siamesenkatzen laufen auf ihr wie auf einer schlafenden Riesin herum. Die Polsterpfötchen verabreichen ihr am ganzen Körper Minimassagen. Julia schließt die Augen und hört erneut die Musik im Radio, als hätten sich zuvor die Ohren geschlossen und sich nun auf einmal geöffnet. Es ist Popmusik zum Weinen. Ein Mädchen singt auf Englisch von einem Jungen, der sie mit gebrochenem Herzen zurückgelassen hat.

Das Telefon klingelt, und Julia steht auf. Ihre Mutter ruft wegen des Geldes an. Julia fragt sich, wofür ihre Mutter eigentlich so viel Geld ausgibt, während sie mit dem zwischen Wange und Schulter eingeklemmten Telefon zur Kasse geht. Sie zählt die Scheine laut ab: zehn, zwanzig, hundert, dreihundert. Das ist nicht viel, aber immerhin. Ihre Mutter bittet sie, das Geld nach Hause zu bringen, und meint, sie möge achtgeben, da sich ein Gewitter angekündigt habe. Julia schaut zum posterblauen Himmel empor. Sie glaubt, ein Flugzeug zu erkennen, das sich hinter einem Wohngebäude versteckt.

Sie legt auf und geht zum Aquarium, um die Fische zu füttern. Als das Nahrungspulver hineinfällt, öffnen und schließen sich die

Mäuler. Die Augen der Fische sehen wie gezeichnet aus. Wie können sie nur Augen ohne Lider haben? Wie können Fische schlafen, ohne die Augen zu schließen? Wie das wohl ist, Sex unter Wasser zu haben? Julia sieht im spiegelnden Aquarium ihre von Fischen und Algen durchbohrten Augen. Dann nimmt sie den Besen und kehrt wie ein melancholischer Roboter. So vergehen die Stunden selbstversunken mit dem Zusammenfegen von Staub, Blättern, Haaren, dem Abwischen von Arbeitsflächen, dem Reinigen der Käfige mit dem Schwamm, bei dem sie sich die Kleidung nass macht. Putzen ist Denken in Zeitlupe.

Zu Mittag kommen ein paar Kunden aus der Nachbarschaft. Die meisten kaufen Hundefutter oder -shampoos oder Katzenstreu. Aber da ist auch ein Mädchen mit Kappe und Handtasche, das einen Hund sucht. Sie gehen gemeinsam in den Hinterhof, wo sich die Welpen in einem Holzgehege befinden. Das Mädchen setzt sich in die Mitte des Waisenhauses und lässt sich von allen an den Knien, Ellenbogen und Ohren lecken.

Julia geht wieder hinein, damit das Mädchen ungestört auswählen kann. Als sie zurückkehrt, steht das Mädchen mit dem Rücken zu ihr und versucht ein Hündchen in ihre Handtasche hineinzubugsieren. Julia bietet ihr eine Coca-Cola an, und das Mädchen dreht sich mit einem Sprung um, um über das Beben in ihrer sich schaukelnden Handtasche hinwegzutäuschen. Als die kleine Diebin ihren Drink beendet, hört man ein Bellen. Das Mädchen hustet, aber der Hund steckt nach Luft ringend seinen Kopf aus der Tasche. Mit überraschter Miene sagt sie: »Na so was, da hat sich einer drin versteckt!«, und kaum hat sie das Tier mit ausgestreckten Händen zurückgegeben, läuft sie auch schon bei der Tür hinaus. Julia stützt ihr Gesicht in die rechte Hand und sieht nochmals in die Höhe. Wolken beginnen den strahlenden Himmel zu überziehen. Während sie den rechten Tennisschuh mit dem linken Fuß und umgekehrt abstreift, dreht sie das GESCHLOSSEN-Schild an der Tür um. Dann holt sie die Frischhaltebox voller dünner, rot gesprenkelter Nudeln aus ihrem Rucksack. Sie isst sieben Nudeln, atmet auf und füllt ein Glas, auf dem ihr Name steht, mit Leitungswasser. Sie isst nochmals fünf Nudeln, schaut in den Behälter und glaubt im roten Kielwasser der Soße, die sich am Boden gesammelt hat, ein Wort zu erkennen. Sie isst noch ein wenig, stellt die Box dann weg und lässt sich nach hinten in einen Abgrund aus Kissen fallen.

Sie stellt den Fernseher mit der großen Zehe an. Auf dem Bildschirm schichten sich Fußballspiele, Küsse auf den Mund, Kochkurse, in Bikinis defilierende Mädchen, Weihnachtsfilme übereinander. Die Fernbedienung entgleitet ihr, ihre Lider fallen zu, die Handflächen falten sich zu einem Kissen, die Beine ziehen sich hoch und kuscheln sich im Sessel zusammen, so als würde ein Teil des Körpers nach dem anderen einschlafen.

Sie träumt, sie ist im Bad; wie jeden Morgen nimmt sie den Föhn, und als sie in den Spiegel blickt, ist ihr Haar kurz rasiert, ihre Gesichtszüge sind kantiger, ihre Brust flach wie bei einem Mann. Im Traum ist Julia ein Mann, keine verkleidete Frau, sondern ein Mann, der aussieht wie sie. Sie geht auf die Straße hinaus, und eine unbekannte junge Frau küsst sie auf den Mund, ein Kuss, so lang wie ein Fallschirm, der ins Meer fällt. Sie geht weiter, bis sie ein Krankenhaus betritt, in dem sie einer Krankenschwester mit dem Gesicht ihrer Mutter erklärt, dass sie nicht weiß, warum sie als Mann aufgewacht sei. Die Krankenschwestermutter zieht sie aus und lässt sie in einem leeren Zimmer warten. Während sie nackt im weißen Zimmer sitzt, schreit sie, dass sie eine Frau ist, dass sie wirklich eine Frau sei.

Julia wacht völlig verschwitzt auf, als wäre sie durch die Wüste gelaufen. Sie geht ins Bad und wäscht sich, aus Angst, dass sich ihr männlicher Doppelgänger noch einmal vor ihr zeigen könnte, das Gesicht mit offenen Augen. Als sie merkt, dass alles ganz normal ist, liefert sie sich beim Zähneputzen ein Grimassenduell mit dem Spiegel und versinkt dann in einer langen Betrachtung ihrer selbst. Das braune Haar, das ihr von den Schultern fällt, die breite Stirn, die Mausnase, der deutlich gezeichnete Mund, die Muttermale bei den Ohren. Sie fragt sich, ob sie mit ihren neunzehn Jahren schön, mehr oder weniger attraktiv oder einfach nur normal ist. Sie fragt sich, ob sie als Mann schön wäre. Sie fragt sich, ob eine Frau sich in sie verlieben würde.

Als sie mit dem Kämmen fertig ist, klingelt die Glocke der Tierhandlung. Der Briefträger bringt Strom- und Gasrechnungen und eine Weihnachtskarte aus Kanada. Auf der Karte sieht man einen Schneeweihnachtsmann vor lauter gleichen Häusern, in deren Fenstern man die Schatten von sich zuprostenden Familien sieht, und am Himmel steht in Sternenschrift *Merry Christmas*. Julia schaut auf die Unterschrift und erkennt die Handschrift ihres Vaters.

Sie verabschiedet sich vom Briefträger, während sie das Schild an der Tür umdreht, auf dem nun OFFEN steht. Die Sonne knallt nicht mehr auf die Scheiben, und Luft kommt durch die Fenster und lässt die Blätter der Bäume wie kleine Fahnen flattern. Die sich aneinander reibenden Blätter erzeugen ein eigenartiges Thrillerrascheln. Auf der anderen Seite der Auslage der Tierhandlung trägt ein Mann einen Plastikweihnachtsbaum, drei Kinder fahren lachend auf dem Skateboard vorüber, ein älteres Paar hält eine Weihnachtsmannpuppe an der Hand, als wäre es ein Kind, das zu laufen beginnt. Der Himmel wird immer weißer, immer mehr

Menschen überqueren die Straßen mit Plastiktaschen, auf denen weißbärtige Männer abgebildet sind, die mit Rentieren durch den Schnee fahren.

Julia beginnt am Ladentisch einen Roman zu lesen, dessen Heldin sich umzubringen versucht. Diese nimmt ein Fläschchen Schlaftabletten und versteckt sich dann im Kleiderkasten, um zu sterben, aber ihre Mutter entdeckt sie. Im Spital verabreichen sie ihr eine Elektroschocktherapie, um sie wieder zur Vernunft zu bringen. Julia fragt sich, wie es wohl ist, Elektrizität ins Gehirn geleitet zu bekommen, welche Gedanken da durch elektrischen Strom getötet werden, was man denken muss, damit man nicht verrückt wird, wie viel Volt man braucht, um in die Wirklichkeit zurückzukehren.

Zwei Frauen kommen auf der Suche nach Katzenleinen herein, ein junger Sportler möchte einen Fisch für seinen kleinen Sohn und ein schnauzbärtiger Mann kauft einen Latexknochen. Julia stellt die Rechnungen aus, macht Pakete aus rotgrünem Papier und unterhält sich, während sie sich weiter vorstellt, wie elektrische Ströme durch ihr Gehirn fließen.

Als sie wieder einmal hinaussieht, sinkt die Sonne und der Wind rüttelt an den Häusern und Autos. Da packt sie ihre Sachen zusammen, stellt den Tieren Wasser in den Käfig und sperrt alle Käfige mit Vorhängeschlössern ab. Sie versucht, sich nicht ablenken zu lassen, denn die ganze Zeit über läuft hier eine Katze herum, flattert dort ein Vogel im Kreis.

Als sie mit dem Rad auf die Straße tritt, ist ihr kalt, und sie bedauert, keine Jacke dabeizuhaben. Der Wind dringt in sie ein, durch die Achseln, die Nase, die Ohren. Das Abendlicht ist von einer Röte und Gewalt, als würde sich der Tag langsam die Adern durchschneiden. Die Straßenlichter gehen an. Plakate und Bäume taumeln in Windböen und rufen ihr die Warnung ihrer Mutter vor dem Unwetter in Erinnerung. Später sieht man es blitzen, es beginnt zu regnen, zuerst kleine Tropfen, dann riesige, von Donner begleitete Tropfen. Julia tritt in die Pedale und lässt sich vom Wasser die Kleidung und den Kopf durchlöchern.

Völlig durchnässt erreicht sie die Haustür ihrer Mutter. Sie hört ihre Stimme hinter der Tür und schiebt den Umschlag mit dem Geld durch den Türschlitz. Als sie nach Hause kommt, stellt sie das Rad irgendwo ab und läuft, während sie sich auszieht, durch die Gänge, bis sie im Bad sitzt. Sie öffnet den Hahn und versinkt mit zitterndem Mund und geballten Fäusten im warmen Wasser. Nackt ausgestreckt in der Wanne schließt sie die Augen und lässt das Wasser hochsteigen, als würde ein Totengräber sie mit Erde bedecken. Mit geschlossenen Augen denkt sie an den Traum vom Nachmittag, erinnert sich wieder an den Kuss der unbekannten jungen Frau und masturbiert, bis sie mit einem beinahe unhörbaren Seufzer kommt, während sie ihre Hand ruhen lässt, um das Pochen des Geschlechts unter dem Wasser zu beruhigen.

Eine Stunde später tritt sie aus dem Bad, das Haar eingewickelt wie eine Handtuchraupe. Im Bett isst sie eine Suppe und blickt auf den Tierkalender an der Zimmerwand: Heute ist Weihnachten, denkt sie, und löscht mit der Rechten die Nachttischlampe.

FIEBERTAGE

Erster Tag

»Ein Tagebuch ist immer das Tagebuch einer Krankheit«, schreibe ich mit vor Fieber zitternden Händen in mein Heft. Neben mir eine Klorolle auf dem Nachtkästchen und eine Menge zerknüllter Taschentücher, die eine Blume formen. Seit ich erkrankt bin, bin ich ein verlassenes Reh auf der Autobahn der Träume: die Wimpern nass und der Kopf leer.

Als ich krank wurde, musste ich entdecken, dass weder Freunde noch Geliebte zum Krankenpfleger berufen sind. Nach einer Nacht in den Tropen der Träume wachte ich mit geröteten Augen auf, achtunddreißig Grad unter den Achseln und im Niemandsland meiner Singlewohnung ließ sich kein Mensch blicken. Mit der Kamera in meinem Kopf machte ich ein Foto von mir in der Küche, über den Schultern eine Decke wie der Umhang einer kränklichen Königin, die einen Teebeutel ausdrückt. Da sagte ich mir: Ich gehe wohl besser zu meiner Mutter nach Hause.

Zweiter Tag

Wieder bei meiner Mutter zu leben ist entzückend und schrecklich. Sie inszeniert ihre Choreografie der Tabletts und Aspirintabletten vor dem Bett ihrer kranken Tochter. Alle sechs Stunden, zwischen Einnahme und Einnahme, setzt sie sich ans Bett und redet pausenlos von meinem falsch laufenden Liebesleben, von meiner Unfähigkeit, Geld zu verdienen, vom Terrorismus, von den Akademikern, von den neuesten Filmen im Kino, von den Pullovern, die ich ihr gestohlen habe, von der Angst vor Haustieren. Ich blicke sie an wie vorüberfahrende Autos.

Dritter Tag

Meine Augen sind wie Neonreklamen. Im Fernsehen wird aus der Welt eine Collage aus jugendlichen Robotern, Surfdokumentarfilmen, Anzug tragenden Männern in Ledersesseln, die über Kultur sprechen, und Brüsten von Telenovela-Schauspielerinnen.

Neben dem Bett stehen Bücher, die wie ein Wolkenkratzer aufgestapelt sind. Ich lese ein wenig in einem schlechten argentinischen Roman, einem Buch über Duchamp, in den Mitschriften von der Uni. Morgen müsste ich eine Prüfung ablegen, um endlich dieses absurde Leben als ewige Studentin zu beenden.

Am Abend trifft mich eine Ärztin mit Köfferchen rotzend inmitten einer Insel aus Fotokopien an. Ich frage sie, ob sie es richtig fände, wenn ich in diesem Zustand zur Prüfung gehe, um Verse der Vorsokratiker aufzusagen. Sie sieht mich mitleidsvoll an und antwortet: »Mädchen, du brauchst Ruhe.« Im Verlauf ihres Geplappers wiederholt sie mehrmals das Wort *Mädchen*, und ich sehe, wie meine Füße aus dem Bett meiner Kindheit herauszuragen beginnen.

Vierter Tag

Ich telefoniere viel. Meine Freunde haben Angst, sich anzustecken, und kommen mich nicht besuchen. Im Buch über Duchamp findet sich eines der Readymades, die er seiner Schwester geschenkt hat, mit dem Titel *Unglücklich*. Es handelt sich dabei um ein Geometriebuch, das man in der Hochzeitsnacht vom Balkon herabhängen lässt. Es kommt mir wie ein perfektes Werk vor, und ich weine ein wenig und bedecke dabei den Polsterüberzug mit Rotz und Tränen.

Der Polsterüberzug, auf dem mein Rehkopf liegt, ist mit einem L bedruckt. Mein Name ist Lola und der meiner Schwester Lucía. Ich überlege, wem von uns beiden wohl dieser Polster gehört hat. Die ganze Kindheit lang hat man uns verwechselt. Wir waren immer gleich angezogen, nur in anderen Farben. Und jetzt, als sogenannte Erwachsene, sind wir wie spiegelverkehrte Puppen: Sie hat Brüste, Arbeit, Fernsehen, einen Mann – und ich einen Haufen Hefte unter meinem Bett.

Fünfter Tag

Mein Körper hat jeden Zauber verloren, ist weiß, weich, verschwitzt, mit verfilzten Haaren unter den Achseln. Ich schlafe nicht gut, verbringe die Nacht fiebrig zwischen Albträumen mit Gesichtsverformungen, Männern auf Motorrädern, Küssen von Unbekannten.

Gestern träumte ich, dass ich bei meinem Vater auf dem Motorrad mitfuhr. Wir fuhren mit Vollgas auf der Landstraße und wichen den Lastern aus. Vorgestern träumte ich davon, ein Loch im Gesicht zu haben, einen riesigen Krater in der Wange.

Abends, nach stundenlanger Telefoniererei, gelingt es mir, den Burschen mit der Fallschirmspringernadel zu einem Besuch im Haus meiner Mutter zu bewegen. Ich bade, käme mich, versuche meinen Pyjama herauszuputzen. Als er kommt, setzen wir uns an den Küchentisch, und wir trinken Tee wie ein jugendliches Liebespaar, das die Stunden der Langeweile gemeinsam totschlägt. Ein Fremder inmitten der Fliesen der mütterlichen Küche.

Nach dem Essen, Filmeanschauen und Wetten nimmt der Fremde seinen Hut, um fortzugehen. Also beginne ich einen kränklichen Striptease und lege einen Weg aus abgelegten Kleidern bis zum Wäschezimmer. Er klaubt die Köder auf und betet dabei einen ganzen Katalog von Warnungen herunter, von wegen meines Gesundheitszustands, der Ansteckungsgefahr und meiner schlafenden Mutter vor allem. Schließlich machen wir es auf dem Bügelbrett, während uns die aufgehängte Wäsche ins Gesicht schlägt.

Sechster Tag

Mein Vater kommt von seiner Reise zurück, und jetzt sind wir zu dritt plus Hund im Haus. Das komplette Familienalbum treibt meine Temperatur in die Höhe. Der Roman des Vater-Mutter-Duetts hat verschiedene Kapitel: den Tanz der Gleichgültigkeit, beim Essen Missbilligung irgendeines absurden Details und eine endlose Geschwätzigkeit, die mit Vorwürfen und Beleidigungen gespickt ist. Der Ehekrieg ist zu viel für mein mechanisches Herz. Fliehen. Fliehen, bevor es zu spät ist.

In dieser Nacht kehre ich als Genesende in meine Wohnung zurück und finde dort die Leichen von zwei angebissenen Bananen auf dem Kühlschrank. Mein Kindskopf sagt, dass das vernaschte Ameisen sind, diese Ameisen, die aus den Fliesen des Bads kommen. Der Portier hingegen meint, dass das Ratten waren, die durch das Abflussrohr der Waschküche hereingekommen sind.

Bleich und mit rot unterlaufenen Augen schließe ich die Küchentür, entschlossen, sie nie mehr wieder zu öffnen. Mir ist kalt, und ich habe keinen Ofen, und der Kühlschrank ist in der Nagerzone. Ohne Wärme und ohne Essen sieche ich langsam dahin.

Siebter Tag

Ich wache mit Regen auf, und obwohl es Tag ist, scheint es Nacht zu sein. Das Fieber ist weg, aber ich bin schwach, als wäre mein Körper ein schwerer Mantel. Ich posiere im ganzen Haus: mit Büchern auf dem Balkon, rücklings im Bett, sitzend vor dem mich anstarrenden Computer. Ich versuche zu lesen oder zu schreiben, aber die Projektile der Vergangenheit schlagen in meiner Stirn ein. Schließlich spreche ich eine Stunde lang mit meinem Exfreund am Telefon. Wir erinnern uns an damals, als er krank wurde und ich das Thermometer aus dem Fenster schmiss. Und danach gehen wir unsere Krankheiten durch wie eine Serie von Postkarten, gemischt mit Ferienmotiven, Bildern von Streitereien und turbulenten Liebesszenen. Wir legen auf, und ich starre eine Weile lang auf ein Glas Milch. Denke mir, dass die Formen der Liebe wie Wolken sind, die Flugzeuge, Kühe, Sterne nachahmen.

Achter Tag

Ich verbringe den Tag damit, die Bruchstücke meines früheren Lebens wieder zusammenzufügen. Mache eine gedruckte Liste mit den Dingen, die ich tun muss, um mich zu befreien: Probe, Supermarkt, Uni, Waschsalon gehen, Geld für Vater, Mädchen finden, Erzählung fertig schreiben, Rattengift kaufen.

Neunter Tag

Der Bursche mit der Fallschirmspringernadel sagt, er würde zu mir zum Abendessen kommen. Um drei Uhr in der Früh steht er besoffen vor dem Glas der Eingangstür des Gebäudes. Ich frage mich, aus welchem Schwank er diese Szene gestohlen hat: die Frau, die mit dem fertigen Essen wartet, und der Mann, der betrunken und stinkend daherkommt. Was mich betrifft, spiele ich die Rolle perfekt und sage ihm, dass er verschwinden soll. Er betrachtet mich wie ein Waisenkind bei der Adoption und fleht mich an, ihn hereinkommen zu lassen. Ich öffne die Türe und beginne sogleich in seinen Armen zu weinen und unzusammenhängende Sätze über meine Fiebertage zu stammeln, über meine Mutter und die verfluchte Ratte, die mich nicht schlafen lässt. In einem Anfall von Heldenmut packt er den Schrubber und geht in die Küche. Ich bleibe hinter der Tür stehen und warte auf ein blutiges Verbrechen, aber nach einigen Minuten kommt er wieder heraus und sagt mir, dass der Nager das Gift gefressen habe und zum Sterben anderswo hingegangen sei.

Um vier Uhr am Morgen wache ich inmitten einer überschwemmten Wohnung auf. Der betrunkene Fallschirmspringer ist in der Badewanne eingeschlafen, die dann überlief und den Parkettboden mit einer Wasserschicht überzogen hat. Mit nassen Füßen und vor lauter Müdigkeit schmalen Augenschlitzen drängen wir das Wasser bis zum Abflussloch im Bad zurück.

Zehnter Tag

Als das Fieber schließlich verschwindet, ist Sonntag und Pärchen, Familien und andere Menschengruppen kriechen aus ihrem Bau. Von meinem Balkon im achten Stock sehe ich sie wie unter einem Mikroskop.

Die Sonne scheint mir ins Gesicht, und ich fühle, wie sich die Wangen beleben. Ohne es zu wollen, schmeiße ich mit dem Fuß die einzige Pflanze um, die auf dem Balkon überlebt hat, und der Boden bedeckt sich mit Erde. Ich bilde mir ein, dass ich noch jung bin. Noch.

MOBILES HERZ

– Gedichte –

*Aus dem Spanischen
von Rike Bolte*

UND ICH

Mein Haus und ich

Aus einer Fliese im Bad strömen Ameisen
in den Kleiderkammern hängen Gemälde aus Feuchtigkeit
die Decke ist von Rasierklingen zerschnitten
unterm Kühlschrank wächst ein Aquarium.

Ich habe dieses Haus von der Mutter meines Vaters geerbt
die süchtig war nach Insulin und Coca-Cola
und sich nachmittags ihren Hitzschlag in der Küche holte
während sie mit ihrer Konkubine die Nachrichten besprach.

Ich kam zu Besuch in dieses Haus, als es noch ihr gehörte
Während sich die Familie über das sonntägliche Abendessen
  hermachte
entwischte ich auf den Balkon, um mit Gott zu sprechen
wie in einem Beichtstuhl für selbstmordgefährdete Mädchen.

Heute laufe ich in Slip und T-Shirt durch die Zimmer
Ich bin die Nachtwächterin meines eigenen Hotels
Lehne am Fenster und schieße
auf die Armee derer, die um Einlass bitten.

Meine Mutter und ich

Meine Mutter möchte sterben
und ich, ich träume, dass ich ein Baby über ein vermintes Feld
 trage
oder einen Kühlschrank öffne, in dem ein Baby auf einem Teller
 liegt
oder dass ich unterm Kissen auf Babyarme stoße.

Sie sagt, sie träume nachts nicht mehr
Der Pillenschlaf ist ein leer geräumtes Zimmer
Sie spricht meinen Namen aus wie ein Walkman ohne Saft
und schläft kopfschüttelnd ein.

Ich esse einen Apfel und sehe ihr beim Schlafen zu
Schrecklich, in der Jugend schön gewesen zu sein
Ich habe meine Jugend in ein Motorrad verwandelt
um mit geschlossenen Augen über die Autobahn zu fahren.

Meine Mutter wird immer dünner und entfernt sich
 kilometerweit von mir
steht wie ein unter Drogen gesetztes Reh auf der
 Wohnzimmerlichtung.
Ihr Haar wird von einer Mädchenspange gehalten
ihre Hände halten ein Buch, das zu lesen ihr nicht mehr gelingt.

Ich kann es nicht lassen, ihr überallhin zu folgen
Ich bin die Leibwächterin der schlafenden Selbstmörderinnen
rauche und bahne mir meinen Weg in Waisenschlappen
an Möbeln und Hausangestellten vorbei.

Auch der Hund erhebt sich und nimmt meinen Schritt auf
schließt sich dem Staffellauf der Bodyguards an
Ich frage mich, ob er die Babys aus meinen Träumen frisst
oder sie auf seinen Rücken klettern wie auf ein nächtliches Pferd.

Mein Vater und ich

Mein Vater ist ein Soldat
der aus seinem ganz eigenen Vietnam zurückkehrt
ein Cowboy auf seinem orthopädischen Pferd
Kapitän eines Schiffes, das Feuer fing auf dem Meer.

Am Kopf des Tisches thront er mit glatt gekämmtem weißen
   Haar
und erklärt mir, ich müsse jetzt lernen, Geld zu verdienen
Sprachlos schaue ich ihn an und mir fällt auf
dass ich ihn nie jemanden auf den Mund küssen sah
meine Mutter nicht, noch mich, noch meine Schwestern
Ich fürchte, der Mund meines Vaters ist ein Revolver
aus dem mit Namen beschriftete Kugeln geschossen kommen
Als durchs Esszimmerfenster ein Flugzeug zu sehen ist
hebt er den Kopf wie ein Hollywoodstar
Mein Vater ist Marlon Brando, James Dean, Fred Astaire
und ich bin das Mädchen, das sich in den Helden verliebt.

Mein Herz und ich

Ich trage mein mobiles Herz in einem kleinen Koffer
spüre Angst vor den Kilometern, die vor mir liegen
rase auf meinem Motorrad in Amazonenkluft über die
 Autobahn
sichte Kühe, Wüsten, Gauchos, Neonlichter.

Ich, die Kamikazefrau mit fliegenden Haaren
halte weder an, um zu essen noch um nachzudenken
sondern flüchte vor meiner Vergangenheit
wie aus einem brennenden Haus.

Meine Jugend rennt mit mir um die Wette
Da ist kein Kopilot, an dessen Seite ich sterben könnte
Zu gerne wüsste ich, wann ich wohl
die Stadt erreiche, die meinen Namen trägt.

Im Roadmovie, in dem es um mich und mein Herz geht
kommt keine Postkarte vor, auf der nicht eine Träne klebte
Hotels, Knie, Fremde, Bikinis
alle Fotos unscharf oder vom Blitz entstellt.

Mein Herz klopft wie ein blinder Passagier in einem Koffer
Die Augen tränen vom Fahrtwind
Postnukleare Musik ertönt
Meine Maschine hinterlässt eine Spur aus Feuer.

Schneewittchen und ich

Ich bin eine Kurtisane im sommerlichen Kimono
hier ist die Liste meiner Geliebten:

der Schulkrüppel
der Postkartenjunge
der Hippiedichter
der Säuferprofessor
der melancholische Kinoliebhaber
der Fahrstuhlromantiker
der mit geschlossenen Augen aß
der pferdegesichtige Schriftsteller
der Sänger, der keine Unterwäsche trug
der kleine, sommersprossige Nazi
der in sich gekehrte Pianist
der Familienvater
das Mädchen, das ich in Träumen küsste
die Gebrüder Herbst und Winter
der Mann mit dem Koffer
der Nachtfotograf
der Rocker ohne Lunge
der Yuppie mit den immergleichen Slips
der Konzeptkünstler
der Cowboy mit seinen Frisuren …

In Kinderschrift und mit Geishamiene
versuche ich, Muster zu erkennen:

die kalten Germanen
die barfüßigen Latinos
die Künstler, die Terroristen
die Verbrecher, die Idioten, die Musterschüler …

Ich schäme mich, auf der Liste
Männer mit Frauen oder Freundinnen zu finden
Wie Goldlöckchen oder Schneewittchen auf der Flucht
bin ich in alle Häuser eingedrungen, habe von fremden Tellern
  gegessen
und mich in Betten gelegt, die nicht für mich gemacht waren

Ulises und ich

Ulises will mich nie wieder sehen
er sagt, ich sei eine Terroristin der Liebe
mein Hirn ein Krankenhaus
und dass es zu spät sei, auf Flughäfen zu heulen.

Mein mobiles Herz lasse ich im Kofferraum zurück
und blicke hypnotisiert auf Regen und Scheibenwischer.

Ulises sagt, ich solle aus dem Wagen steigen
und ich, ich wühle in Zeitlupe nach den Wohnungsschlüsseln
(bin eine Schauspielerin, die in ihrer Tasche nach dem Revolver
 sucht).

Ulises, der melancholische Held, wirft den Wagen an
und flüchtet damit über die Autobahn in seinen eigenen Krieg.

Ich glaube an seine Rückkehr, bin aber unfähig zu warten
ich werde das Licht im Bad anlassen und versuchen zu schlafen
werde nachts seinen Namen weben, um ihn am Tag wieder
 aufzutrennen.

Der Kalender in der Küche zeigt Januar
ist dies der bleicheste Sommer meines Lebens?

Nachts trinke ich mit nassem Haar Tee
ein Lichtinsekt ertränkt sich in der Tasse.

Vom Balkon aus gesehen sind die Autos Bodenflugzeuge
wer wird die Circe sein, die ihn in ein Schwein verwandelt?

Würde Ulises gegen eine Cola-Werbetafel prallen und sein Leben
    lassen
oder entführte ihn eine Armee drogenabhängiger Mädchen
wäre die Geschichte nur ein abgenagter Knochen.

Ich fürchte mich vor dem Feuer meiner Gedanken
vor den Anwärtern mit Slips und Rettungsringen
davor, dass meine Liebe schmilzt wie eine Stange Eis im Freien.

Die Zeit Penelopes' ist ein bewegungsloser Pool
jetzt heißt es, um Zeit totzuschlagen: schwimmen …

KINDHEIT

Rainbow

Mein Vater, meine Mutter, meine Schwester und ich
verheizten den Sommer
in einem Segelboot, wir nannten es *Rainbow*
und aßen, pissten, fischten, schliefen
wie ein Stamm von Pygmäen,
die Mädchen, in Unterwäsche, junge Brassen tötend
die Erwachsenen mit wehendem Haar
und windverzerrten Kleidern

Die Möbel um uns ließen sich klappen und wenden
der Tisch wuchs aus dem Boden
wie eine Blume aus Holz
das Bett meiner kleinen Schwester war eine Nische am Heck
meine Eltern schliefen in Zwillingskojen
und meine eigene Mädchenpritsche war eine Matratze am Bug
neben dem Klo, das unter einem Sitzplatz versteckt war

Die *Rainbow* war die Arche und erzählte vom Ende der Welt
es gab keine Tür nach draußen, noch zählten wir den Weg in
 Kilometern

So vergingen die Tage langsam, zwischen Fluss und
 Wasserhyazinthen
mein Vater war der Schizokäpt'n
meine Mutter Koch, Schiffsjunge, Waschfrau

und meine Schwester und ich waren zwei rachitische Matrosen
die sich im Alter von vier und sechs einen Strick nahmen
um zu sehen, wie ein Knoten geht

Heckenschützinnen

Meine Schwester und ich waren Heckenschützinnen
schossen mit Kulis, Puppenfüßen, Kronkorken
vom Balkon aus im fünften Stock unserer Wohnung im
 Zentrum.

Niemand stellte sich unserem schamlosen Treiben entgegen
meine Mutter gab Seminare an ihrer Fakultät
und das Dienstmädchen fand unsere provisorische Schießbude
immer noch besser, als uns beim Toben auf dem Spielplatz
 zuzuschauen.

Nach der Schule war nichts zu tun
wir schossen und schossen auf Männer in Anzügen
meine Schwester versteckt hinter Geranien
ich unter dem Laken, die Haare zum Pferdeschwanz
 hochgebunden.

Des Schießens müde
warfen wir uns rücklings aufs Bett
und wenn sich meine Schwester schlafend stellte
küsste ich sie auf den Mund.

Schlaflos

Als Kind konnte ich nicht schlafen
glaubte, mein Herz hört auf zu schlagen
oder, wenn ich die Augen schließe, verschwindet die Welt
oder es wimmelt im Dunkeln vor Wölfen
Stimmen drangen aus dem Kissen
wie elektrisiert hob ich den Kopf
schrie nach meiner Mutter, damit sie mich retten kam
wie ein Walfisch legte sich zu mir ins Bett
ich schlang meine dünnen Arme um sie
lauschte ihrem Atem
ihr Körper war eine kugelsichere Weste
und als ich zwölf wurde
machte sie sich nichts mehr aus meinen Schreien
ich kroch zu meiner kleinen Schwester ins Bett
wenn sie schlief, rührte ich mich nicht
wenn sie aufwachte, trat sie nach mir
bis ich zu Boden fiel.

Mein liebster Ort

Zwischen elf und fünfzehn
war mir der liebste Ort das Bad
ich schrieb, machte es mir selbst, hörte Musik
ohne dass die Erwachsenen im Haus was mitbekamen.
Mein Vater klopfte nie an, wenn er ein Zimmer betrat
er sagte, *alle Türen in diesem Haus müssen offen stehen.*

Das Bad war der einzig sichere Ort
bäuchlings warf ich mich auf den Boden
bewaffnet mit Notizblock und Diktiergerät
schrieb Briefe, Gedichte, Tagebuch
nahm Lieder auf jungfräuliche Kassetten auf.

Meine Mutter hatte Angst, ich könnte mir das Leben nehmen
und klopfte mit einem Stöckelschuh an die Tür.

Einmal schloss ich mich ein und warf den Schlüssel ins Klo
um dort für immer zu bleiben

POSEN

Pose 1. Schlafen
Er, schlafend an meiner Seite. Sein Kopf an meiner rechten Schulter und sein Arm auf meinen Rippen, an den Rändern der Brust. Habe ihm heute das Haar kurz geschnitten, sodass er mir am Arm wehtut, wenn sein Kopf sich unter dem Einfluss eines Traums heftig bewegt. Ein als Kalb verkleideter kleiner Junge. Er träumt, dass ihn sein Vater aufs Land bringt, zum Schafetöten.

Pose 7. Winter
Ich beiße in seine Lammfelljacke, meine Hose bleibt über den Schuhen hängen. Vögeln im Winter: sich mit den Klamotten verheddern, sich die Achseln am Pullover aufreiben, sich die Finger am Reißverschluss verletzen.

Pose 34. Badezimmer
Ich am Waschbecken beim Zähneputzen, er über der Badewanne beim Haarewaschen. Wir streiten, nackt, zwischen Wandfliesen und Rasierapparat. Der Spiegel beschlagen von Wolken aus Wut. Ich stelle mir vor, wie er ausrutscht, stirbt, wie der Krankenwagen vorfährt und ich, unbekleidet, vor gefühllosen Rettungssanitätern herumheule.

Pose 145. Erhängen
Wir üben gerade Erhängtenpose, als das mongoloide Mädchen aus dem neunten Stock aufsteht. Durch die Zimmerdecke hindurch

hören wir sie gegen ein Möbelstück schlagen und wild mit den Füßen stampfen.

Pose 146. Sonntag

Ich auf dem Bauch liegend. Die Arme unterm Kissen. Meine Ellenbogen reiben über die Matratze, meine kleinen Brüste werden halb zerquetscht. Ich liebe mein Bett, als wäre es ein Tier. Ich möchte weder die Lider rühren noch Zähne putzen, noch mich mit geschlossenen Augen aufs Klo setzen. Will zwischen Laken liegen bleiben, an ihnen schnüffeln wie ein Hund. Ich werde als Hund im Bett eines Menschen schlummern, der gerade gevögelt hat. Werde der Mann sein, der vögelt, während der Hund durch die geöffnete Tür dabei zusieht.

Pose 176. Autobahn

Hand in Hand über die Hauptstraße. Seine Hand scheint mir zu flüchtig, zu viel Wind hängt sich in meine Haarfransen, Lust zu heulen.

Pose 208. Rucken

Er leckt mir den Rücken, ich stehe mit dem Gesicht zur Wand. Meine Zähne schlagen gegen die Wand, und ich stelle mir vor, wie mein Vater sich in jungen Jahren rasiert. Ich, siebenjährig, sehe dabei zu, wie das Silber der Rasierklinge durch den Schaum scheint. Jetzt beißt mir der, der mich leckt, in die Schultern. Ich stelle mir vor, wie meine Mutter neben mir schläft, ohne Slip, wie sie duscht bei offener Tür, ihren Duft überall hinterlässt. Der, der mich gerade fickt, nennt mich beim Namen und dreht mich zu sich um.

Pose 219. Weihnachten
Ich und er im familiären Gefangenenlager, Weihnachten feiern. Er hockt in einer Ecke und macht auf beleidigter Junge, ich werde umringt von kleinen Mädchen, die mich kämmen wollen.

Pose 321. Fernseher
Ich, wie ich aus meinem Kleid schlüpfe, er, lesend auf dem Bett. Der sitzende Körper gleichgültig gegenüber dem meinem, unbekleideten. Ich, wie ich für Wand und ausgeschalteten Fernseher einen Striptease hinlege.

Pose 378. Sofa
Wir kehren besoffen von einer Party zurück, das Sofa ist unsere Landepiste. Er wirft sich rücklings hinein, ich setze mich auf ihn, mit bis zum Bauchnabel hochgeschobenem Rock, der Slip legt sich um eine meiner Fersen. Während der Mond ins Wohnzimmer scheint, durchquere ich die Wüste wie ein Cowboy. Später schlafe ich mit Stiefeln an den Füßen ein.

Pose 456. Siamesen
Wir schlafen Rücken an Rücken, bis mittags, wie wütende siamesische Zwillinge. Beim Aufwachen möchte ich gleich wieder einschlafen, finde aber nicht die richtige Stellung. Wenn ich mich auf die Seite lege, drücke ich mir die weichen Stellen am Arm ab; auf dem Bauch liegend bin ich ein verhindertes Flugzeug; mit dem Gesicht nach oben jagt mir der Deckenventilator Tränen in die Augen. Schließlich lege ich meinen mechanischen Sonntagstanz hin: bewege mich, als wollte ich ins Innere der Matratze vorstoßen. Er steht auf und widmet sich seiner allmorgendlichen Minigymnastik. Ich stelle mich eine Weile tot, beobachte ihn durch halb ge-

schlossene Augen, wie eine Spionin. Eilig wirft er sich die Klamotten über.

Pose 478. Reis

Ich stehe da und koche Reis, er lehnt rauchend am Kühlschrank. Ich rede wie ein batteriebetriebenes Kaninchen, wackele wild mit dem Kopf und fuchtele mit den Händen. Er, in Bogart-Pose, gibt mir Feuer und macht sich davon.

Pose 526. Eingeborene

Hingegossen auf den Teppich des Esszimmers, sind wir die Eingeborenen der Zukunft. Er halb nackt, mit einem Riss im Hemd, und ich in einem Shirt mit englischer Schrift, und nichts darunter. Um uns herum ergeben die Klamotten die Landschaft eines seltsamen Planeten. Eben noch waren wir ein zweifaches Tier, jetzt blicken wir auf die Reste des Vulkans; es ist kalt. Wir liegen unter dem freien Himmel hingeworfener Felle.

Pose 547. Kino

Wir sitzen in einem Sommernachtskino und spielen Krankenvisite. Er steckt seine rechte Hand unter mein Shirt und tastet den Rand meiner linken Brust ab; ich fahre mit der Hand über seine Jeans und taste nach dem Reißverschluss.

Pose 601. Cola

Ich, in Muskelshirt und Slip, heulend über einem Teller Nudeln. Er trinkt Cola wie ein Soldat, der auf eine Explosion starrt. Der halbe Tisch ist bedeckt mit Büchern, Notizblöcken und irgendwelchen Papieren. Pose Nummer 601 – die der bevorstehenden Trennung –, doch keiner hat den Text für die Untertitel parat.

Pose 666. Fahrstuhl
Beim Einsteigen in den Fahrstuhl spielen wir diese Nummer: treffen zwei Unbekannte aufeinander. Er ignoriert mich, betätigt den Knopf mit den roten Ziffern, ich male mir genüsslich die Lippen an. Nach Erreichen des dritten Stocks fange ich an, den Spiegel zu küssen. Er macht an sich rum, mit den Händen in den Jacketttaschen. Zwischen dem siebten und dem achten Stock stoppt er den Fahrstuhl. Bei ausgeschaltetem Licht könnte es irgendeiner sein, der mich da küsst. Schon dringen Geräusche von Schlüsseln, Stiefeln, Beuteln, Kindern und Aktentaschen zu uns.

Pose 875. Babys
Manchmal, wenn wir es ganz langsam tun, wie im Film, muss ich an Babys denken. An futternde Babys, die mit ihren Löffelchen gegen Teller schlagen. Ein paar haben Püreekleckse in den Haarfransen hängen, andere stopfen ihre Händchen in Gläser. Die Wagemutigen unter ihnen versuchen meinen Namen zu plappern oder den Namen des Brots.

Pose 1008. Fieber
Im Traum schlafe ich mit einer Frau und wache fiebernd auf. Ich weiß, dass auch er von jemandem geträumt hat. Er sagt, dass er mich liebt und schläft wieder ein. Ich auch.

GESPRÄCHE

Gegenüberliegende Erdhälften
(Gespräch in einem brasilianischen Restaurant)

Du erzähltest, dein europäischer Vater habe ein Notizbuch
  besessen
in das er alle Ausgaben notierte
und dass deine an Krebs erkrankte Mutter
ihre Lieblingsmusik auflegte, als sie zu sterben beschloss.

Ich erzählte, dass mein südamerikanischer Vater das Trinken
  von Cola verbot
und meine Mutter den Vater
und ich meine Mutter beklaute
wenn sie ihre Handtasche im Sessel liegen ließ.

Du erzähltest, du hättest nie einen Cent in der Hosentasche
dass das erste Mädchen, mit dem du schliefst, Beatriz hieß
und dass du es einmal mit einem Mann probieren wolltest
aber dann einfach einschliefst.

Ich erzählte, mein erster Freund sei in der Studentenbewegung
  gewesen,
habe stundenlang Marx gelesen
und sein langes Haar und sein Herzblut
über ein Losverfahren an die Armee verloren.

Du erzähltest, du seist in deiner richtigen Jugend
Telefonist gewesen und habest Eis serviert
und nebenher für einen alten Nazi fotokopiert.

Ich erzählte, ich hätte Waschmittelumfragen gemacht
und in einer Schule für reiche Kinder unterrichtet
die mich für ihren Hund hielten.

Du erzähltest, dir läge nichts an Sport
würdest aber gerne unter Drogen Fahrrad fahren.

Ich erzählte, ich würde gerne durch die Stadt joggen
und gegen Kissen boxen, wenn mich die Angst packt.

Du erzähltest, im Alter würdest du Romane übersetzen
und ich meinte, im Alter würde ich mich allein der Erinnerung
widmen.

EKG
(Gespräch in Bus Nummer 29)

16. Februar. Bus Nummer 29. Fünfzehn Uhr fünfzig.
Ich habe schulmädchenhaft ein Buch auf dem Schoß
und du stehst plötzlich wie ein verwildertes Gespenst vor mir.

Irritiert frage ich, ob es dir gut geht
und du zerrst aus deinem blauen Rucksack ein EKG.
Herzrhythmusstörungen, sagst du
und zeigst mir die Ergebnisse aus dem Labor.

Ich sehe dich an, als wärst du nicht ganz echt
dein Gesicht ist fünfzig Zentimeter von meinem entfernt
draußen fällt Regen auf Autos.

Du redest von Krankenwagen, ich von meinen Ferien
(und denke: das letzte Mal, als wir uns sahen, kifften wir
küssten uns, und du musstest dich vorm Schlafen übergeben).

Auf der Straße unterm Regenschirm
erzählst du mir, dass die Schauspielerin aus deinem Stück
 gestorben ist
und dass du ihre Leiche gesehen hast
sie sah aus, als hätte man sie fürs Theater geschminkt.

Platon
(Gespräch in einem Café in Rom)

Du sitzt in einem Café und liest meine Gedichte,
den Kopf in die Hände gestützt.
Ich schleiche mich von hinten an und sage:
Jetzt weißt du alles über mich.
Und du antwortest: Ich kenne deine Vergangenheit, aber nicht deine Zukunft.
Und mir geht durch den Kopf, dass alles, was ich schreibe,
eine Landkarte meines zukünftigen Lebens ist,
so, wie in meinem jungen Gesicht mein gealtertes Gesicht zu ahnen ist.
Ich sage, dass ich weder deine Vergangenheit noch deine Zukunft kenne, und du eigentlich ein unbeschriebenes Blatt für mich bist.

Du sagst, deine erste Frau sei wunderschön gewesen,
habe aber bei einem Unfall eine Hand verloren
und sich daraufhin in eine eifersüchtige Tyrannin verwandelt,
aus deren Haus du wie aus einem Kerker flohst.
Ich sage, ich hätte nicht geglaubt, dass ein Dandy
an einer so traurigen Liebesgeschichte trägt.
Du antwortest: Alle Liebegeschichten sind am Ende traurig.
Die einzigen, die keinen Grund zur Trauer bieten, sind die platonischen.
Ich sage: Die platonischen Lieben sind die gefährlichsten,
weil sie sich im Kopf niederlassen, bis du kirre wirst.

Eine merkwürdige Stille entsteht, ein Punker mit Hund läuft
vorbei,
und die Worte hallen in meinem Kopf wider wie Miniatur-
orkane.
Mir geht durch den Kopf, dass ich, seit ich dich kenne,
auf einer doppelbödigen Wolke herumlaufe, mich bewege
zwischen messerscharfen Blicken, poetischen und absurden
SMS,
Teestunden, nächtlichen Mails und dass wir uns berühren,
aber nicht küssen.

Ich frage: Was heißt *gefesselt* auf Italienisch?
Du antwortest: Ich bin ein freier Mann.
Ich lache und sage, dass ich, als wir mit deiner Tochter
unterwegs waren,
dachte, ich müsste euch beide adoptieren.
Du sagst: Du hättest gerne eine Tochter, ohne zu gebären,
ein gekämmtes, ausgehfertiges Kind.
Ich überlege, ob ich womöglich niemals Mutter,
sondern eher Räuberin fremder Kinder werde.

Die Sonne kriecht hinter die Ohren der Bäume,
und wir trinken unseren Tee wie zwei alte Philosophen.
Ich bin der Meinung, dass auch die platonische Liebe traurig ist,
weil sie früher oder später endet
oder die Körpergrenze überwindet
oder die Zeit sie im Kopf ausradiert,
wie die Träume, die man niemandem erzählt.

TRAUMWÖRTERBUCH

Alter

Ich bin neunzig Jahre alt und mein Körper verlangsamt und ist schwer. Ich versuche, eine Suppe zu essen, aber der Suppenlöffel erreicht meinen Mund nie. Ich habe das Gefühl, in einem Körper gefangen zu sein, der nicht mit mir übereinstimmt. Ich bin eine von denen, die in Vergnügungsparks Kinder in Tierkostümen unterhalten. Ich fühle mich in meinen Körper eingesperrt wie in eines dieser Kostüme, die dich träge und ungelenk werden lassen und das Atmen erschweren.

Armenviertel

Ich fahre mit meinem Vater mit Höchstgeschwindigkeit durch ein Armenviertel nach Hause. Der Wagen schrammt gegen Blechhütten, in denen Familien inmitten von Müll leben. Mein Vater fährt immer schneller, bis wir eine Art Treppe hinunterstürzen, die inmitten des Viertels in die Tiefe führt. Die Bewohner der Siedlung nähern sich dem Wagen, um ihn zu zerstören, doch mein Vater gibt wieder Gas, um so schnell wie möglich zu entkommen. Als wir zu Hause eintreffen, erwartet mich eine *Gang* armer, zwischen acht und vierzehn Jahren alter Jungs. Sie drängen sich zu mir in den Fahrstuhl und zwingen mich, meine Wohnungstür aufzuschließen.

Bücher

Ich laufe mit M durch eine leere Straße und schenke ihm all meine Bücher. Er greift nach dem Bücherwolkenkratzer und braust dann im Auto mit einem Mädchen davon. Als ich durch die Stadt laufe, sehe ich plötzlich, dass die Bücher alle auf der Straße verstreut liegen.

Exschulkameradin

Ich schlafe mit einer ehemaligen Schulkameradin, die in einem Haus neben einem Abhang lebt. Als ich zu ihr ins Bett schlüpfe, schlummert da eine männliche Puppe.

Fahrstuhl

Ich steige in einen Fahrtsuhl und bin schwanger. Mein Bauch ist ein Ei, das mit jedem Umspringen der roten Ziffern, die die Stockwerke anzeigen, anwächst. Als ich im 84. Stock ankomme, hält der Fahrstuhl an. Ich habe eine böse Vorahnung.

Fleischklopse

Ich befinde mich in einem Haus in einem fremden Land und esse Fleischklopse. Eine Unmenge Fleischklopse, einen nach dem anderen.

Flughafen

Ich laufe in Männerkleidung durch einen Flughafen. Treffe mich mit meiner plötzlich blonden Schwester, die mir einen Minikoffer für die Reise in die Hand drückt. Ich öffne den Koffer, und darin liegt ein rotes, klopfendes Organ, so etwas wie eine Lunge. Ich hebe das rote Organ mit der linken Hand hoch, da fällt es zu Boden und bildet eine große Blutlache.

Frau

Ich schlafe mit einer unbekannten Frau. Ihre Brüste liegen riesengroß in meinen Händen.

Fabrik

Ich sterbe und komme in den Himmel. Der Himmel ist eine große Autofabrik, die von einem Wächter und vier pferdegroßen Hunden geleitet wird. Ich befinde mich auf allen vieren auf einem Laufband, und warte darauf, dass man mir neue Ersatzteile einsetzt. Das Laufband ist voller Frauen. Einige von ihnen zerfallen in ihre Einzelteile.

Haus

Ich befinde mich in meiner Wohnung, blicke aus dem Fenster und sehe ein Gebäude auf der anderen Straßenseite in sich zusammenfallen. Im selben Moment reißt die Decke über mir ein, und das Gebäude, in dem ich wohne, fällt ebenso in sich zusammen, als handele es sich um ein zeitversetztes Spiegelbild dessen, was ich eben gesehen habe. Mir wird klar, dass ich von meinem eigenen Heim begraben werde.

Kuba

Ich laufe durch Havanna, und eine Frau bettelt mich um meinen Reisepass an. Plötzlich taucht auf einem Platz eine Gruppe Russen auf; sie wollen, dass ich sie heirate. Ich schlage das Angebot aus, woraufhin sie meine Papiere klauen. Dann renne ich durch die Stadt, den Papieren hinterher, und ein paar Polizisten heften sich an meine Fersen. Schließlich komme ich in ein Haus, in dem sich ein zehnjähriges Mädchen befindet, das mich umarmt und losweint. Das Mädchen ist meine Tochter, die ich vor langer Zeit auf Kuba zurückgelassen habe.

Labyrinth

Ich laufe mit M durch ein unendlich großes Haus. Die Flure werden zu Zimmern, und die Zimmer haben weder Dach noch Begrenzung, wie ein riesiges Labyrinth. Wir laufen und laufen, Hand in Hand, als müssten wir vor etwas fliehen, ohne zu wissen, wovor genau. Schließlich stoßen wir auf die Ruinen eines Bads und verstecken uns darin. Dann geben wir uns einen Kuss, worauf ein paar Männer auftauchen, M in einen Sack stecken und fortschleppen. Ich renne ihnen nach, verliere mich aber in den dunklen Fluren, bis ich erblinde. Als ich aufwache, öffne ich die Augen und sehe alles schwarz. Immer wieder träume ich, dass ich aufwache und blind bin.

Leiche

Bei mir zu Hause liegt eine Leiche. Es ist jemand aus meiner Familie, ich weiß aber nicht genau, wer. Die Leiche liegt in einem Zimmer rum, und niemand kümmert sich um ihre Bestattung. Es riecht übel, doch ich unternehme nichts, weil ich der Meinung bin, es sei Sache meiner Eltern, die Leiche loszuwerden.

Mord

F und ich sind verantwortlich für jemandes Tod. Ich bin mir sicher, dass ich keinen Schuss abgegeben habe, aber den Revolver in der Hand hielt. Eine Truppe Polizisten taucht auf, um uns festzunehmen und beschuldigen F. Ich beginne, F in Schutz zu nehmen und werde schließlich selbst des Verbrechens verdächtigt. Ich schreie, dass ich unschuldig sei, und wie sie darauf kämen, dass ich imstande sei, jemanden zu töten. Die Polizisten sagen, dass ich, auch wenn ich nicht geschossen hätte, die geistige Urheberin der Tat sei.

Nacktsein

Ich stehe nackt auf einer Rolltreppe in einem Shopping-Center. Eine Reihe winterlich gekleideter Männer und Frauen fahren an mir vorbei hinauf und sehen mich an. Ich klaue einem Mädchen einen Schal, um mich damit zu bedecken. Ich empfinde Scham und Horror über mein Nacktsein.

Nazis

Ich bin eine Jüdin in einem Getto, die überlebt, weil sie es versteht, den Nazis ihre Uniformen zu nähen. Ich lebe mit ein paar Freunden, die ebenso Näharbeiten verrichten, in einem winzigen Zimmer. Bei jedem Geräusch verstecken wir uns unter dem Tisch wie aufgeschreckte Ratten.

Pferd

Ich wohne mit einem schwarzen Pferd in einem sehr kleinen Haus. Das Pferd ist mein Leibwächter. Wenn ich die Tür öffne, verstellt es mir den Weg nach draußen.

Russisch

Ich verlasse eine Party, es ist schon Tag, und G lehnt an einem Baum und wartet auf mich. Als ich bei ihm bin, sagt er *deine Liebe ist ein Reißverschluss* und geht. Es regnet. Erst ganz sacht, dann fallen Tropfen wie gespitzte Bleistifte. Ich hole ein Telefon aus dem Baum hervor und rufe meinen Vater an. Mein Vater spricht Russisch mit mir, und ich muss heulen.

Schere

Ich liege in einem Krankenhausbett; ein Krankenpfleger schneidet mir die Haare mit einer Schere, die sich wie von allein bewegt, als wäre sie ein mechanischer Vogel. Ich fasse meinen haarlosen Kopf an und möchte sterben. Der Krankenpfleger reicht mir einen kleinen Spiegel, und ich sehe, dass ich völlig kahl geschoren bin, wie ein Soldat. Mein langes, niedergefallenes Haar bildet eine Art Teppich, der den gesamten Boden des Zimmers bedeckt. Ich verlasse das Bett und versuche aus dem Krankenhaus zu fliehen, komme aber nur in Zeitlupe vorwärts. In allen Betten liegen mit Laken bedeckte Körper. Ich weiß nicht, ob sie nicht wollen, dass ich sie sehe, oder ob sie mich nicht sehen wollen.

Schwanzpuppen

Ich schlafe mit einer Armee von Puppen, die alle Schwänze haben. Ich wechsle von einer Puppe zur nächsten, als wären es meine Sex-Sklaven.

Tätowierung

Ich hebe mein T-Shirt und habe einen riesigen Bauch, auf dem das Gesicht von jemandem tätowiert ist, den ich nicht kenne.

Tiere

Ich habe einen schwarzen Hund, der im Garten eines Hauses wohnt, das ich niemals besessen habe. Sein Name ist Tod, und wenn ich nach ihm rufe, bellt er meinen Namen.

POSTKARTEN AUS DER WILDNIS

Album aus Marseille

Foto Nummer eins:
Ich habe ein Flugzeug im Haar hängen
du hast acht kaputte Rippen
von Weitem siehst du aus wie eine Geisha
bist aber ein französischer Herr
mit einem kimonoartigen Oberkörperverband
das erste Foto ist perfekt
mittellos gehst du auf mich zu
wie ein verwundeter Soldat
ich komme von der anderen Erdhalbkugel, du aus dem
  Krankenhaus
wir nennen uns in fremden Sprachen bei unseren Namen.

Foto Nummer zwei:
Vor der strohweißen Sonne Marseilles
sehen wir einem Überseefrachter hinterher und rauchen
als wir auf der Hafenmole sitzen
streift mein linker Ellbogen deinen rechten Arm.

Foto Nummer drei:
Stirn an Stirn in einem Chinarestaurant sitzend
erzähle ich dir von einem Traum:
Ich habe geträumt, ich würde strippen
doch anstelle der Kleider
langsam die Knochen ablegen ...

Foto Nummer vier:
Ich singe zu einer unsichtbaren Gitarre
ein Lied, in dem dein Name vorkommt
du lachst über mich
ich lache auch.

Foto Nummer fünf:
Der erste, ausgedehnte Zungenkuss.

Foto Nummer sechs:
Dein nackter Körper ist so dünn, dass er zu zerbrechen droht.

Foto Nummer sieben:
Ich sitze auf dir, du zerrst an meinen Haaren.

Foto Nummer acht:
Deine Hose, eine Leiche auf dem Nachttisch.

Foto Nummer neun:
Du bist besoffen wie ein Karatekämpfer
und sagst schreckliche Dinge über mich
wir stehen irgendwo auf einem Parkplatz, ich fange an zu heulen
und meine Tränen fallen auf das Verdeck eines fremden Autos.

Foto Nummer zehn:
Wie ein melancholischer Roboter
probiere ich alle Telefonzellen aus
wähle deine Nummer sechsundzwanzig Mal in zwei Tagen
und jedesmal antwortet eine Maschine mit Frauenstimme:
Sag deine Nummer auf Französisch.

Foto Nummer elf:
Mit Discman wandele ich ins Zentrum einer Kirche
drogensüchtige Engel sehen auf mich
hängen nackt von den Decken herab.

Foto Nummer zwölf:
Nach einem Streit haben wir uns hingelegt
und lesen König Blaubart, bis wir einschlafen.

Foto Nummer dreizehn:
Ich wasche dir das Haar in einem Waschbecken
du lachst mit geschlossenen Augen
ich wäre gern für immer deine Krankenschwester.

Foto Nummer vierzehn:
Besoffen im Melody Underground
küsst du einen Schwarzen in einem Sessel
ich sehe mir die Szene von der Tanzfläche aus an
wie einen Pornofilm oder einen schlechter Traum
würde mich gerne übergeben, tanze aber weiter
meine elektrisierten Stiefel rütteln mich durch.

Foto Nummer fünfzehn:
Bäuchlings auf dem Bett liegend
notiere ich in mein Tagebuch:
»Mich nicht in junge Fremde verlieben
die bis zum Umfallen trinken und mit Männern schlafen.«

Foto Nummer fünfzehn:

Als wir eine Hafenstraße überqueren
schenkst du mir einen Japan-Bilderband
den du extra für mich geklaut hast.

Foto Nummer sechzehn:

In der Bar eines Museums für Zeitgenössische Kunst
verfasse ich ein Telegramm auf einer Serviette, es geht an dich:
*Ich will nicht mehr deine Stuntfrau sein
in diesem Film stehst immer du im Vordergrund
und ich gehe in Flammen auf.*

Foto Nummer siebzehn:

In einem Taxi morgens um drei
behauptest du, ich hielte Liebe nicht aus
du bist besoffen
hast dich wieder vollgepisst
wer hält Liebe aus?

Foto Nummer achtzehn

Ein Regenbogen überm Arabischen Viertel
am Tag, bevor ich Marseille verlasse
alles nass, es hat eben geregnet.

Madrid

Eine Chinesin klemmt sich das Telefonkabel unter die Achsel,
haucht in den Hörer und kaut an ihren Nägeln.
Zwei Ecuadorianer küssen sich in Zeitlupe,
bis die Scheiben der Kabine beschlagen.
Ein Araber raucht und redet wie wild, und ich
lausche der monotonen Musik des tutenden Telefons.

Du auf der anderen Erdhälfte, schläfst du gerade?
Dieses Internet- und Telefoncafé ist ein Hotel,
in dem die Gäste im Stehen schlafen,
Stimmen horchen, die aus der Ferne kommen.

Drei türkische Mädchen treten ein, singen was auf Englisch
und legen einen Wimpernstriptease für den Typen an der
  Kasse hin.

Ziehst du gerade ein Mädchen aus und kannst deshalb nicht
  rangehen?
Ich hab noch das Zeug von gestern Nacht an, ungewaschenes
  Haar
und in der Handtasche ein zermatschtes Sandwich.

Die Hotelzimmertüren gehen auf:
Der Araber tritt hinaus, in seine Rauchwolke gehüllt.
Die Chinesin zahlt mit rot geweinten Augen,
und die Ecuadorianer streiten um Geld.

Überquerst du gerade eine Straße und denkst an mich?
Ich hab kein Ticket, um zu dir zu fliegen, mein kleiner Soldat,
noch will ich auf irgendein Sofa zurück.

Ich werde mich in der Kabine einschließen, bis die Polizei kommt
und mich zwei muskulöse Typen auf die Straße schleifen.
Ich werde die Polizisten bitten, mich zu missbrauchen
und zu den Müllbeuteln zu werfen.

Die nach Kaugummi und Parfum riechenden Mädels
rauben dem marokkanischen Kassierer das Herz.
Ich stopfe die Hände in die Taschen meiner Jeans
und gehe nach Madrid hinaus, mich in Kneipen verirren.

New York

Alles begann wie im Film:
Küsse auf dem Flug nach New York
die Bettlaken im Hotel vollbluten
Picknick im Central Park zwischen blonden Mädchen
Latinas, Jungs mit Baseballkappen und schwarzen Kids
– eine Menge Statisten –
durch eine Kulissenstadt laufen
ich mit Cindy-Perücke auf dem Kopf
du und dein mieses Englisch
viele Stunden eingeschlossen im Zimmer
wie Delfine im Aquarium
ich in Cowboypose
du hingestreckt wie ein Indianer
zwei Monate später *The End*
vorm Einschlafen streiten
schlafen und Albträume haben
vögeln nach dem Zähneputzen
mechanisch, *sad*, öde.

São Paulo

Jeden Morgen im Januar wachen wir verschwitzt
von der Musik und den Stimmen der Praça do Patriarca auf:

Neben einem Denkmal singen zwei Jungs
Lieder über Frauen und Cachaça in ein Mikrofon,
während ein blonder Junge dazu tanzt
und ein tätowierter Dealer die CD verkauft.

Im Schatten der Bäume geben die Prediger in ihren Latschen
mit hochrotem Kopf und feuchten Achseln
Anweisungen, wie man in den Himmel kommt,
und eine Handvoll Fanatiker versammeln sich um sie.

Eine Gruppe alter Männer mit Schildern,
auf denen es heißt: VERKAUFE GOLD,
ziehen unter der Sonne über den Asphalt
wie Großväter in Zeitlupe auf der Demo.

Ein Mann im gepunkteten Kostüm
montiert eine komische Nummer für Passanten
und plustert sein Gesicht bis zum Platzen auf.

Wir sehen aus dem Fenster unserer Wohnung
und stellen uns vor, dass wir diese Leute von der Praça
auf den Alexanderplatz versetzen.

Als sich die glühende Nachmittagssonne auf den Platz senkt
zieht eine Reihe Straßenverkäufer vorbei
auf einem Wagen stapeln sich Pommes in einem Glaskasten
einer verkauft CDs und DVDs mit einem Lautsprecher auf
 Rädern
ein anderer hat einen Bauchladen mit
Auto- und Herrenmagazinen umgeschnallt.

Nachts liegt die Praça still und dunkel da
auf dem Asphalt liegen ein paar zugedeckte Menschenbündel
einige sehen aus wie Kinder, so klein sind sie
ein paar andere haben starke schwarze Arme oder Frauenköpfe.

Tigre-Delta

Der Sommer ist Musik für Tiere.
Ich wache als Schwimmerin bekleidet auf
und renne zum Fluss hinunter.
Alle schlafen in Indianerstellung,
haben wunde Arme und Knie.
Ich habe lehmiges Haar, schmale, gerötete Augen
und die Lunge in einem Glas Wasser liegen.
Die Hitze ist meine liebste Amnesie.
Ich, die Ruderin, ich, die Pokerin, ich,
die mit der Axt und dem Postkartenautomaten.
Mittags zerschneiden die Flugzeuge den Himmel diagonal.
Alle essen Teile von Kühen
und küssen sich im Schatten.
Die Wiese wird zum Spielfeld der Hunde,
die mit verbrannter Schnauze vom Schwimmen zurück sind.
Ich trage ein Handtuch als Haarschmuck
und lese den vorüberspringenden Booten aus einem Buch vor.
Unter später roter Sonne ist das Haus unser Vietnam:
Alle hören Musik auf Englisch und tragen ihre Spraydosen
wie vom Fieber angetriebene Soldaten.
Ich gewähre den Insekten, dass sie mich durchbohren
mit ihren sonnengeschliffenen Rüsseln.
Kein Fernseher ist in der Nacht zu hören.

Buenos Aires, Costanera Sur

Wir sind zwei Waisenkinder, die nachts Fleisch verzehren
am Denkmal der Albinomeerjungfrauen,
du im Stierkämpferkostüm, ich in Schulmädchenuniform,
so sitzen wir auf einer windschiefen Bank.

Den Wolkenkratzern kehren wir den Rücken zu
und blicken auf den fauligen braunen Fluss,
an einem Geländer steht ein Mädchen und angelt
neben ein paar anderen drogenabhängigen Fischern Aale.

An der Costanera Sur häufen sich die Familien:
Picknicktisch, Cola, Grill, Baby, Kassettenrekorder.
Alle rekeln sich auf ihren Klappstühlen im Freien,
wie in einem Zuhause mit abgedecktem Dach.

Wir haben weder Haus noch Baby, noch Klappstuhl
– nicht mal eine Jacke, denn es ist Sommer –
Monatelang haben wir uns nicht gesehen, und der Wind
ist ein Wurm, der zwischen die Klamotten kriecht.

Wir rauchen und kleben am Wasser wie an einem Zwilling,
und ich überlege, ob ich mich ertränken soll, damit du mich
  rettest.
Ich stelle mir vor, du bist Rettungsschwimmer, und wie ich
  von dir geschlossenen Auges auf ewig von Mund zu Mund
  beatmet werde.

Als es zu regnen beginnt, stürmen die Familien
zu ihren Autos, das Picknick fällt in Stücke.
Wir kriechen unter Pflanzen.
Immer läßt der Regen etwas beginnen – oder enden.

Hasenheide

Meine Augen spielen Kamerafahrt
während ich durch die Hasenheide jogge.
Eine Frau unterwegs mit Kinderwagen
schüttelt den Kopf wie eine Punkerin.
Eine andere schiebt auch einen Kinderwagen
mit leeren Flaschen darin vor sich her.
Ein paar Afrikaner verticken Drogen
wie Statuen mit Handys zwischen den Bäumen.

Und während die Dealer auf ihre Kunden warten
um ihnen in Büschen ein Tütchen zu reichen
warten die Tiere im *Streichelzoo* auf Kinder
die umherrennen und sie mit klebrigen Händchen betatschen:
ein greises Kamel, melancholische Ponys
Hirsche, ein paar Zicklein, zwei Lamas
dazu ein vorzeitliches Tier, dessen Name mir nichts sagt
sie alle prostituieren sich in ihren Ställen für die Kinder.

Meine Füße schlagen auf dem Asphalt auf
ich kneife meine Augen vor der Sonne zu
in meine Nase dringen Marihuana- und Tiergeruch
während ich über eine unsichtbare Weltkarte renne.
In meine Ohren dringt Türkisch, Russisch, Englisch
 Französisch, Spanisch …

die Bäume sind Lautsprecher eines Langwellensenders.
Eine Fremde bin ich in einer Stadt von Fremden,
niemand gehört nach Berlin und niemandem gehört Berlin.

Eine Frau mit Kopftuch
und langem schwarzen Mantel läuft vor mir her,
neben ihr geht ein Mann – es wird ihrer sein –
wie ein Leibwächter für türkische Sportsfrauen.
Eine Gruppe Jugendlicher und Dreißigjähriger
versucht mit Skateboards vom Boden abzuheben,
als seien sie auf der Suche nach ewiger Jugend.

Ich laufe meine letzten Meter
und bleibe stehen, um wieder einzuatmen.
Ein Polizeiwagen durchquert den Park in Zeitlupe,
und die Dealer verschwinden im Dickicht
wie schwarze Zaubertrickkaninchen.

Flugzeuge

Flugzeuge bringen mich zum Weinen
der Geruch von Plastik, Ärschen und Stewardessen
oder dass man weder schlafen noch atmen, noch laufen kann
oder man sich außerhalb von Zeit und Raum befindet.

Immer ist es dasselbe Theater:
Zwischen Unbekannten sitzend, die schlafen
oder so tun, als schliefen sie, oder einen Film sehen
kullern mir Tränen herunter wie Karnickel.

Ich lege mir das blaue Flugzeugdeckchen über
oder verstecke mich hinter einem Buch
damit mich niemand sieht.

Später wische ich mir mit dem Ärmel meines Pullis übers
  Gesicht
oder gehe aufs Kabinenklo, wasche mich
stehe vor dem Spiegel wie ein Gespenst.

DIE ARBEIT UND DIE TAGE

Anmerkungen einer Kassiererin in einem
chinesischen Supermarkt

Kasse
Ich bin die Kassiererin im chinesischen Supermarkt. Ich bin sechzehn Jahre alt und arbeite zwölf Stunden täglich im Supermarkt meines Vaters, sechs Tage die Woche. Der Ton beim Scannen der Ware ist mein Herzschlag.

Routine
Morgens um sieben, wenn wir wie Schlafwandler den Metallrollladen hochziehen und den Supermarkt betreten, wundere ich mich, dass alles noch genauso aussieht wie immer. Als sei die Zeit nicht vergangen, als seien die Dinge nicht verkauft worden, als würde alles wieder von vorne beginnen.

Familie
Mein chinesischer Vater raucht zwei Päckchen Zigaretten am Tag, vor allem dann, wenn er den Rechnungsstapel durchsieht. Mein großer Bruder trägt glänzende Hemden, wenn er Bestellungen auf dem Rad ausfährt. Mein kleiner Bruder hüpft zwischen den Regalen umher wie ein Fußball. Meine Mutter ist mit einem Mann über die Berge, der jeden Abend seinen Reis bei uns erstand.

Meine Lieblingssachen
Was mir an meiner Arbeit gefällt, ist: einem hübschen Mann sein Restgeld in die Hand legen, die an der Eingangstür des Supermarktes angeleinten Hunde; die Mädchen und Jungs, die in den Laden

kommen, als handele es sich um einen Vergnügungspark, das Geräusch des herunterfahrenden Rollladens bei Anbruch der Nacht.

Seinsweisen

Ich rede nicht gerne. Manchmal setze ich Kopfhörer auf, die unter dem Haar verschwinden, und bediene wie ein Roboter, ohne mitzubekommen, was man zu mir sagt. Ich lächle und zeige meine winzigen Zähne, sage *danke* und *zehnsiebzig* und *bis dann*. Aus Rasiermesseraugen verfolge ich die Armeen von Männern und Frauen mit ihren Einkaufswagen. Die Leute sind mir vertraut, weil ich weiß, was sie kaufen. Ich errate, ob es sich um Singles, um Verheiratete, um Leute mit Kindern handelt; ob sie in einem Miniapartment oder in einem Haus mit Gartenzaun wohnen, ob sie glücklich oder selbstmordgefährdet sind. Ich kann Gegenwart und Zukunft in Thunfischbüchsen, Zahnpastamarken und der Anzahl auf dem metallenen Kassiertisch aufgereihter Joghurtbecher lesen wie eine professionelle Wahrsagerin.

Freizeit

An manchen Nachmittagen, so um die Siestazeit, fange ich an, Gemüseskulpturen zu bauen: Pyramiden, Türme, Puppen. Mein Vater sieht mich an wie eine Kranke im Endstadium. Jemand hat ihm gegenüber behauptet, ich täte das, weil ich meine Mutter vermisse, die merkwürdige Dinge zu tun pflegte.

Deprimierendes

Eine um zehn Uhr morgens geschminkte Frau, Speisequark, meine verschwitzten Hände, Männer, die mich wegen des Preises eines Artikels anmachen, zerknüllte oder vollgekritzelte Geldscheine,

Plastiktüten, die sich nicht öffnen lassen, mein Vater, der darüber bestimmt, was ich anzuziehen habe, pinkeln müssen, wenn an der Kasse eine lange Schlange ist, Leute, die ihre dunklen Brillen beim Sprechen nicht absetzen.

Das Geld
Nach ein paar Stunden an der Kasse riechen meine Hände nach Geld. Geld riecht nach Metall und Dreck, nach einer Mischung aus Rolltreppengerüchen und regennasser Zeitung. Meine Hände und meine Kleidung nehmen diesen Geruch an, manchmal sogar meine Ohren. Wenn ich nach Hause komme, wasche ich meine Hände so lange, bis sie schrumplig und weich wie die Hände einer alten Frau werden.

Kleine Dramen
Einmal sah ich im Supermarkt eine Frau weinen. Sie weinte beim Auswählen von Äpfeln, Nudeln, Eiern, Brot, Teebeuteln ... die ganzen zwanzig Minuten über, die sie den Einkaufswagen füllte. Ich sehe sie vor mir, wie sie nach Hause kommt, mit rot geschwollenen Augen, aber ruhiger, als sei der Kummer verschwunden.

Geheimnisse
Mein kleiner Bruder ist acht Jahre alt und wiegt sechzig Kilo. Wie eine Chinaratte mopst er Schokoriegel, Kekse, Süßkram aus Gläsern. Damit mein Vater nichts davon mitbekommt, macht er Löcher in die Verpackungen, stibitzt den Inhalt und lässt die leeren Hüllen liegen. Wenn ich ihn zurechtweise, droht mir mein kleiner Bruder damit, er würde meinem Vater sagen, dass ich nackt durch mein Zimmer tanze.

Die Disco

Mein älterer Bruder und ich streiten um die Musik, die im Laden aufgelegt wird. Wie zwei Karate-DJs stellen wir den gesamten Nachmittag unsere CDs auf Stop und Play. Ich mag Mädchen, die auf Englisch singen, er mag chinesische Popmusik. Mein Bruder ist der Meinung, dass chinesische Musik unseren Umsatz steigert.

Haltbarkeitsdaten

Die abgelaufenen Artikel werden wie Leichen in eine Kiste gepackt, und am Ende des Tages stellen wir sie auf die Straße, damit die Armen oder die Hunde sie sich holen. Manchmal frage ich mich, an welcher Stelle meines Körpers das Datum eingeprägt ist, von dem an ich schlecht zu werden beginne.

Tagesgeschäfte einer Polizistin

Ich wache auf und werfe meine Uniform über:
Hose und dunkelblaues, beinahe schwarzes Hemd.
Der Stoff der Uniform ist so rau
wie die Zunge von Tieren.

Im Zeitlupentempo schlüpfe ich in die Stiefel,
erst in den einen, dann in den anderen.
Der Revolver liegt zwischen Unterwäsche
in der Schublade des Nachttischchens.
Auf die Hemden lege ich die kugelsichere Weste,
als wär's der Safe, in den mein Herz kommt.

Ich kippe meinen Kaffe im Stehen bei einer Zeitung runter.
Drei Verletzte durch Autounfall
Ein vergewaltigtes Mädchen
Der Präsident, von der Seite fotografiert
Fleischpreise steigen

Ich gehe in die U-Bahn und hänge mich an einen Haltegriff,
um mir von dort aus die traurigen Morgengesichter anzusehen.

Auf der Polizeistation
gibt's Telefonterror und Fernsehlärm.
Wie ein Gespenst laufe ich an meinen Kumpels vorbei.

Später zerzaust mir an der großen Straße der Wind das Haar,
und mehrere Strähnen aus meinem Polizistinnendutt lösen sich.

Die Stunden vergehen langsam, wenn man den vorbeifahrenden
  Autos zusieht: ein übervoller Bus,
ein Junge, der mir die Zunge rausstreckt,
ein Mädchen mit Motorradhelm,
ein Alter mit Brille auf einem Fahrrad.

Im Zentrum der Stadt wütet der Abend.
Immer sind Taschendiebe unterwegs,
oder es werden Autoscheiben eingeworfen,
und ich muss raus auf die große Straße.

Selten kriege ich jemanden zu fassen,
unterrichte die Kumpels aber immer über Funk.

Zwischen sechs und sieben
geht die Sonne über der Straße unter, und ich würde am liebsten
  heulen.

Ich denke: Mir ist kalt, ich bin hungrig, ich bin müde.
Ich will nach Hause.

Zwischenfälle im Leben eines Müll sammelnden Mädchens

Um fünf Uhr abends ziehen wir in aller Eile von zu Hause los. Ich, meine Mutter und meine Schwestern gehen nicht etwa einkaufen, sondern suchen nur die Reste derer, die sich das Einkaufen erlauben können. In Sportklamotten gekleidet steigen wir in den für die Kartonsammler bereitgestellten Zug ein und fahren in die Stadt der Reichen, um uns dem nächtlichen Sport hinzugeben, im Müll nach Schuhkartons, Pizzakartons und Milchbeuteln zu suchen und die zusammengedrückten Kartons in riesigen Türmen aufeinanderzustapeln. Wir sind Athletinnen der Dunkelheit, laufen die Straßen mit vor Dingen überquellenden Rollwagen ab, bis die Sonne aufgeht. Ich habe kleine Hände, die sich gut eignen, um Müllbeutel zu durchwühlen und zu durchsuchen. Meine Mutter nennt mich *Wunderhand*, weil ich immer auf Schätze stoße: ein Goldkettchen ein Zwanzig-Peso-Schein, Adidas-Schuhe, eine Dose Palmherzen. Ich habe auch schon ein Album mit Fotos von einem Jungen und einem Mädchen am Strand gefunden. Einige der Fotos waren zerrissen. Ich habe keine Ahnung, wieso sie die Fotos zerrissen haben, wo sie doch so schön waren. Eines davon zeigt die beiden nackt in einem Bett, im Hintergrund ist ein Regenbogen auf einem Poster zu sehen. Meine Schwestern ärgern sich über mich, wenn ich mir Dinge in die Hosentaschen stecke, sie aber tun selbst gar nichts. Sie wollen weder das Haus verlassen, um zu arbeiten, noch das Essen machen, noch die Blechhütte putzen, in der wir leben. Sie bleiben lieber vor dem Fernseher sitzen oder färben sich die Haare blond oder ziehen aufs offene Feld, um sich dort, wo nur noch Schlamm und Dunkelheit sind, an ihren Freunden zu reiben.

TRILOGIE

*Aus dem Spanischen
von Margit Schmohl*

# STRIPTEASE

Telefongespräch. Eine Frau, ein Mann und ein Baby.
In der Vergangenheit.

FRAU Hallo.
MANN Hallo.
FRAU Hallo.
MANN Ich bin's.
FRAU ...
MANN Hast du schon geschlafen?
FRAU Mehr oder weniger.
MANN Tut mir leid.
FRAU Was?
MANN Dass ich angerufen habe. Bist du allein?
FRAU ...
MANN Ich kann nicht schlafen.
FRAU Lies doch ein Buch.
MANN Ich kann nicht lesen, ich kann nicht schlafen, ich kann nicht atmen. Ich schließe die Augen und sehe Neonschilder, auf denen steht: KAUFEN SIE EIN HAUS, EIN AUTO, EIN BABY, UND SEIEN SIE GLÜCKLICH ... Mein Kopf kommt mir vor wie eine Maschine voller Phrasen aus der Werbung, aus dem Fernsehen, von fremden Leuten ...
FRAU Meine Mutter sagte immer, wenn du nicht schlafen kannst, versuch an etwas zu denken, was du gerne tun würdest, und ich stellte mir vor zu schwimmen, bis ich eingeschlafen war ...
MANN Ich hasse Schwimmen.
FRAU ...
MANN Warum sagst du nichts?
FRAU Was soll ich denn sagen?

MANN Man hat immer das Gefühl, du steckst unter einer Glashaube. Ich weiß nie, was du gerade denkst.

Das Baby atmet. Sein Herz ist der Soundtrack der Welt.

FRAU Ich dachte an das Baby; warum weinen Babys eigentlich?
MANN Weil sie Hunger haben, müde oder traurig sind …
FRAU Babys weinen nicht, weil sie traurig sind, sondern weil sie etwas sagen wollen. Nur verstehe ich manchmal einfach nicht, was es mir sagen will.
MANN Kann ich es besuchen?
FRAU Es ist zwei Uhr morgens.
MANN Was macht es gerade?

Die Frau beschreibt, was das Baby gerade macht.

MANN Schläft es denn nicht?
FRAU Jetzt nicht, erst später. Beim Schlafen macht es Geräusche mit dem Mund. Manchmal glaube ich, es träumt von mir oder Teilen von mir: meinem Bauchnabel, dem Rand einer Brustwarze, meinen Haaren. Und dann wieder scheint mir, es hat abstrakte Träume von Wolken, Farben, mathematischen Formeln.
MANN Ich glaube, Babys träumen von Gott.
FRAU Weil sie ihn gesehen haben, bevor sie auf die Welt gekommen sind?
MANN Nein, weil Gott in allen Babys steckt, bis sie anfangen zu sprechen.
FRAU Und dann?
MANN Genau in dem Moment, in dem sie das erste Wort sagen, tritt Gott aus ihrem Körper und verlässt sie für immer …
FRAU Ich schau es an und verstehe es nicht; es ist wie ein unbe-

schriebenes Blatt. Gestern beim Baden hat es ganz lange den Kopf unter Wasser gehalten ... Glaubst du, dass Babys Selbstmord begehen können?
MANN ...
FRAU Bist du noch da?
MANN Ja ...
FRAU Langweilt es dich, wenn ich vom Baby erzähle?
MANN Ich muss dich sehen.
FRAU Lieber nicht.
MANN Jemand ist bei dir.
FRAU Ich lege jetzt auf.

Das Baby blinzelt, streckt die Arme und stößt kleine Schreie aus.

MANN Heute Morgen, beim Aufwachen, hatte ich das Gefühl, du wärst bei mir im Bett. Ich lag auf der Seite und spürte das Gewicht deines Körpers hinter mir auf der Matratze.
FRAU Ich habe ein paar Mal geträumt, dass wir – du, ich und das Baby – in silbernen Anzügen in einem Raumschiff schweben.
MANN Eine Astronautenfamilie.
FRAU Wir aßen Konzentrat aus Zahnpastatuben, schauten in die Sterne und betätigten die Knöpfe im Raumschiff. Manchmal gab es Pannen, oder es fehlte Sauerstoff, oder Außerirdische griffen uns an, und das Baby verteidigte uns mit Umhang und Schwert wie Supermann.
MANN Kann ich zu dir kommen? Ich versprech dir, brav zu sein.
FRAU Besser wir telefonieren nur.
MANN Ich hasse das Telefon, diesen Apparat, der nur zum Lügen erfunden wurde. Keiner sieht dich, also kannst du sagen und machen, was du willst.
FRAU Im Gegenteil. Man kann nur am Telefon ehrlich sein, weil

man dabei niemandem in die Augen schauen muss. Wenn man einander in die Augen schaut, lügt man immer.

MANN Was hast du gerade gemacht, als ich angerufen habe?

FRAU Geschrieben.

MANN Und was hast du geschrieben?

FRAU Ein Gedicht.

MANN Worüber?

FRAU Es heißt *Das Pony und ich*.

MANN Kannst du es mir vorlesen?

FRAU Es ist noch nicht fertig.

MANN Macht nichts.

FRAU Also gut.

Am Tag, als du fortgingst, habe ich mir ein Pony gekauft
das nackt neben meinem Bett schläft.
Das Pony ist mein Bodyguard
es lässt mich nicht hinaus, nicht telefonieren, nicht um
*   Verzeihung bitten.*
Ich muss die Tage an der Wand zählen
und mein Herz wie einen Apfel essen.

MANN Wie was?

FRAU Wie einen Apfel.

MANN Wer ist das Pony? Rauchst du?

FRAU Woran merkst du das?

MANN An deiner Atmung, sie ist anders. Rauchst du wieder?

FRAU Ich rauche ein paar Zigaretten am Abend. Heimlich, wenn das Baby schläft.

MANN Ich glaube nicht, dass ihm das was ausmacht.

FRAU Ich will aber nicht, dass es Rauch aus seiner Mutter kommen sieht wie aus einem brennenden Haus.

MANN Manche Menschen macht das Rauchen schöner und andere

entstellt es. Immer wenn ich dich rauchen sehe, denke ich, dass deine Art zu rauchen etwas sehr Künstliches hat, als ob du dich in Pose wirfst.
FRAU Es ist keine Pose. Was weiß ich. Ich rauche eben einfach.
MANN Du rauchst wie ein junges Mädchen.
FRAU Dir gefallen doch sowieso nur die jungen Dinger, vor allem deine Schülerinnen.
MANN Ich versteh dich nicht.
FRAU Ich hab dich gesehen, mit einem Mädchen, vor einem Monat.
MANN Wann?
FRAU Es war Sonntag, ich ging gerade Zigaretten kaufen, und du kamst mit dem Baby zurück. Sie trug Jeans, offene Haare und hielt das Baby in den Armen wie ein Haustier.
MANN Sie fand das Baby süß.
FRAU Fremde Babys herumtragen findet ja wohl jeder süß.
MANN Sie bewunderte dich und sagte, sie wollte Schriftstellerin werden wie du.
FRAU Wie schön. Als ich jung war, wollte ich Hure werden.
MANN …
FRAU Im Ernst, ich fand, wenn ich mir aussuchen könnte, mit wem ich ins Bett gehe, wäre das der perfekte Job. Ich hatte mir ausgerechnet, dass ich meine Zeit mit Reisen und Lesen verbringen könnte, wenn ich genug verlangen und einmal am Tag arbeiten würde. Ich fand die Idee, mit vielen verschiedenen Männern zu vögeln, einfach toll.
MANN Ich kann mir dich nicht als Hure vorstellen.
FRAU Wieso?
MANN Weiß nicht. Ich glaube, Huren sind wie Krankenschwestern: sympathisch, gefällig, reserviert … Du bist impulsiver …

Das Baby krabbelt wie ein melancholischer Roboter.

FRAU Hast du mit niemandem geschlafen, als wir noch zusammen waren?
MANN Darauf antworte ich nicht.
FRAU Ich will es wissen. Wir sind ja nicht mehr zusammen. Es macht mir nichts aus.
MANN Nein ...
FRAU Du lügst.
MANN Kann sein.
FRAU Ich hatte was mit jemandem vor unserer Trennung.
MANN Weiß ich.
FRAU Wie hast du das gemerkt?
MANN Am Geruch.
FRAU Wie, am Geruch? Das kann nicht sein. Ich habe mich immer geduscht, bevor ich nach Hause gegangen bin.
MANN Jeder hat seinen eigenen Geruch. Deiner ist für mich wie der Geruch von Flughäfen. Als du anfingst, mit ihm ins Bett zu gehen, veränderte sich dein Geruch ... Du warst verliebt.
FRAU Ich weiß nicht so recht, was das ist – verliebt sein. Vor langer Zeit hat mir mal jemand gesagt, die Liebe ist ein Striptease; aber du entledigst dich dabei nicht nur der Kleider, sondern auch deiner Organe – Herz, Hirn, Magen ...
MANN Hör mal zu. Dieses Lied habe ich für dich geschrieben:

Ich komm zu dir mit einem Kanister Benzin
Vorsicht, ich werde dich anzünden
Und dabei eine Zigarette rauchen mit meiner neuen Frisur
Ich bin so weit, es kann losgehen
Ich werde deine Bücher verbrennen,
  deine Unterwäsche, deine ganzen Sachen
Liebe ist ein Heckenschütze
Liebe ist ein Heckenschütze.

Gefällt es dir?

Das Baby schreit 25 Sekunden lang.

MANN Was isst du?
FRAU Einen Apfel.
MANN Isst du im Bett?
FRAU Ich sitze auf dem Bett mit zusammengebundenen Haaren, im Unterhemd und mit Cowboystiefeln. Und du?
MANN Ich lehne den Kopf an die Fensterscheibe und habe ein T-Shirt an und Jeans.
FRAU Welches T-Shirt?
MANN Eins mit Tarnmuster.
FRAU Das kenn ich nicht. Wann hast du dir das gekauft?
MANN Das junge Mädchen hat es mir geschenkt.
FRAU Ich fand es schön, deine Kleider zu kennen. Deshalb hat es mich immer gestört, wenn ich dich mit neuen Sachen sah. Du warst mir dann irgendwie fremd. Jetzt, wenn ich ein T-Shirt oder eine Unterhose von dir in meinen Schubladen finde, möchte ich am liebsten weinen, als wären es die Sachen eines Toten.
MANN Seit wir uns getrennt haben, lasse ich das Licht im Bad brennen, wenn ich schlafen gehe.
FRAU Du hast Angst.
MANN Ja.
FRAU Ich habe auch Angst.
MANN Angst ist was für Kinder, oder? Erwachsene sollten keine Angst haben.
FRAU Wenn ich Angst habe, dann habe ich Angst wie eine Siebenjährige.
MANN Und das Baby, wovor hat das wohl Angst?

Das Baby stößt Laute aus und bewegt die Hände.

FRAU Es sagt, es hat Angst vor der Dunkelheit ... den Ratten ... seiner Mutter ... der Zukunft ... den Flughäfen ... Angst, an Krebs zu sterben ... vor dem Atomkrieg ... den Blinden ... den Menschen ohne Humor ... seinem Herzen ... vor sich selbst ...
MANN Glaubst du, das Baby hat gemerkt, dass wir uns getrennt haben?
FRAU Ich weiß nicht.
MANN Benimmt es sich nicht seltsam, seit ich weg bin?
FRAU Es benimmt sich immer seltsam. Es ist ein Baby.
MANN Ich glaube, sein Selbstmordversuch muss damit zu tun haben.
FRAU Ich habe nicht gesagt, dass es versucht hat, Selbstmord zu begehen. Ich habe nur gefragt, ob ein Baby Selbstmord begehen kann.
MANN Das ist dasselbe.
FRAU Nein. Das ist nicht dasselbe. Du glaubst, alles dreht sich immer nur um dich, auch das, was das Baby macht, oder was ich mache. Das Baby kann tausend Gründe haben, sich umzubringen ...
MANN Du hörst mir nie zu.
FRAU Bevor wir uns getrennt haben, habe ich jede Nacht mit dem Kopf unterm Kissen geweint, und du hast neben mir gelesen, als ob ich Luft wäre.
MANN Ich hasse Leute, die glauben, nur weil sie weinen, müssten sich alle anderen mit ihnen beschäftigen.

Das Baby hört drei Sekunden lang auf zu atmen.

FRAU Dieses Gespräch hat keinen Sinn.
MANN Stimmt. Es hat keinen Sinn.

Das Baby macht einen langen Atemzug.

MANN Ich habe Lust, woanders hinzuziehen.
FRAU Wohin?
MANN Aufs Land.
FRAU Das Land ist groß, du kannst nicht einfach sagen aufs Land.
MANN Das Land ist ja auch kein Ort, sondern eine Idee. Man flüchtet sich aufs Land, um glücklich zu sein … Ich würde am liebsten stundenlang auf einem Hocker sitzen wie ein Gaucho und die Sonne in der weiten Ebene betrachten.
FRAU Ich kann mir dich nicht woanders als in Buenos Aires vorstellen. Du wärst der erste drogensüchtige Gaucho der großen, weiten Pampa.
MANN Ich kiffe, wann und wie ich will. Deshalb will ich ja aufs Land, um allein zu sein und meinen Gedanken nachzuhängen, ohne so viel Lärm um mich herum.
FRAU Lange wirst du es allein nicht aushalten.
MANN Ich bin gern allein.
FRAU Nein, du bist nicht gern allein. Du schwingst gern große Reden. Ich erinnere mich noch, wie du eines Nachts fortgegangen bist und geschworen hast, nie mehr zurückzukommen, und am nächsten Morgen, als ich die Tür aufmachte, um die Zeitung zu holen, fand ich dich auf der Türschwelle, schlafend und mit einer Jacke zugedeckt.
MANN Ich habe einfach die Tür hinter mir zugeschlagen, und erst als ich draußen stand, wurde mir klar, dass ich gar nicht wusste, wo ich hingehen sollte, dass ich eigentlich nirgendwo hingehen wollte. Also habe ich in Zeitlupe eine Runde um den Block gedreht und dabei an dich gedacht, und als ich wieder an der Tür war, merkte ich, dass ich keine Schlüssel dabeihatte. Und da ich mich nicht selbst erniedrigen und an der Tür klingeln wollte, habe ich auf der Schwelle neben einem Müllsack geschlafen.

FRAU Bist du im Bad?
MANN Was?
FRAU Ich habe Wasser gehört.
MANN Ich pisse gerade.
FRAU Lass das.
MANN Wieso?
FRAU Wir sind nicht mehr intim. Intim. Ich hasse dieses Wort. Aber wir sind es eben nicht. Du kannst nicht einfach vor mir pissen.
MANN Aber du siehst mich doch gar nicht.
FRAU Egal.
MANN Es hilft alles nichts. Du bist nun schon mal in meine Intimsphäre eingedrungen, und die ist wie eine Streichholzschachtel. Du kennst alles an mir: wie ich schlafe, pisse, esse. Das wirst du nicht vergessen, auch wenn du mich nie wiedersiehst.

Das Baby schließt die Augen.

FRAU Hast du dir nie überlegt, warum wir das Baby bekommen haben?
MANN Weil wir es wollten.
FRAU Ich wollte nicht.
MANN Es ist doch normal, Babys zu haben, wenn man über dreißig ist.
FRAU Ich bin nicht reif genug.
MANN Ich auch nicht. Deshalb haben wir doch ein Baby bekommen, um endlich reif zu werden.
FRAU Das Baby klebt an mir und folgt mir überallhin wie ein melancholischer Roboter.
MANN Wenn du willst, kann ich es zu mir nehmen.
FRAU Okay, ich schick es dir in einem Taxi.
MANN Glaubst du, du bist intelligenter als ich?

FRAU Kann schon sein.
MANN Warum hast du dich dann in mich verliebt?
FRAU Du warst arm, immer mit dem Motorrad unterwegs, schlecht gekleidet, hast viele Sprachen gesprochen und behauptet, du hättest eine ganze Armee von Heckenschützen ...
MANN Als ich dich zum ersten Mal gesehen habe, fühlte ich mich dir gegenüber wie ein Idiot, aber nicht nur wie ein zufälliger Idiot, sondern wie ein echt geistig Zurückgebliebener.
FRAU Das muss Liebe auf den ersten Blick gewesen sein.

Das Baby öffnet einen Spaltbreit die Augen wie ein Spion.

FRAU Ich weiß nicht, wie ich den Sommer in Buenos Aires mit einem Baby und einem Miniventilator überstehen soll. Der Sommer macht mich immer traurig. Es ist die Zeit im Jahr, wo alles still ist. Und ich habe nichts zu tun.
MANN Du hast doch das Baby. Wer ein Baby hat, ist nie mehr allein.
FRAU Das ist eine Lüge. Ich verbringe den ganzen Tag mit einem Baby, aber das Baby redet nicht mit mir. Wenn ich es anschaue, habe ich das Gefühl, ich stehe vor einem Spiegel und sehe mich selbst.
MANN Du könntest an den Strand fahren.
FRAU Ich hab kein Geld.
MANN Ich kann dir was geben.
FRAU Nein danke.
MANN Ich glaube, ich werde die Ferien nutzen, um mir das Knie operieren zu lassen. Ich will den Sommer in einem Krankenhaus verbringen. Krankenschwestern, die Schuhe mit hohen Absätzen tragen und gut riechen; auf dem Tablett serviertes Essen, den ganzen Tag fernsehen. Alles weiß wie das Glück. Denn wenn das Leid schwarz ist, muss das Glück ja wohl weiß sein.

FRAU Kann sein.
MANN Und wenn sich das Knie infiziert und steif bleibt – kommst du dann zu mir zurück?
FRAU ...
MANN War nur Spaß.
FRAU Ich würde am liebsten weinen.
MANN Sollen wir auflegen?
FRAU Nein, ich will bloß weinen.
MANN Na gut.

Das Baby schaut seine Mutter wie einen Wolkenkratzer an.

FRAU Ich versuch's.
MANN Und?
FRAU Ich kann nicht.
MANN ...
FRAU Heute habe ich dir was mit der Post geschickt.
MANN Was?
FRAU Den Revolver, den du mir geschenkt hast. Ich will ihn nicht.
MANN Warum? Du hast dich doch so gefreut, als ich ihn dir geschenkt habe. Es war Weihnachten, du warst schwanger und hast mir gesagt, das sei das schönste und merkwürdigste Geschenk, das eine Mutter bekommen kann.
FRAU Seit wir uns getrennt haben, habe ich manchmal das Gefühl, ich werde wie eine Schlafwandlerin aufwachen, wenn das Baby schreit und dann – werde ich es erschießen.

Das Baby lacht oder so was Ähnliches.

MANN Ich habe einen Traum mit einem Revolver, der sich jede Woche in unterschiedlichen Varianten wiederholt. Ich spiele russisches Roulett mit fünf anderen Personen. Auch ein rothaariges

Mädchen mit einem Würfel und einem Revolver ist da; und wenn deine Zahl kommt, musst du dir den Revolver an den Kopf setzen und abdrücken.
FRAU Und was machst du in dem Traum?
MANN Ich bin Zuschauer, aber auch einer der Mitspieler. Ich bin es und auch wieder nicht, denn im Traum bin ich fünfzig, kahlköpfig und spiele die Rolle des Don Juan.
FRAU Und erschießt du dich dann mit dem Revolver?
MANN Sie lassen mich nicht, sie sagen, ich sei schon zu alt …
FRAU Ich komme nicht vor in dem Traum.
MANN Doch, in dem Traum bist du eine Frau, die wie ein Cowboy angezogen ist und Liebeslieder singt.
FRAU Und bringe ich mich um?
MANN Manchmal ja …
FRAU …
MANN Was ist?
FRAU Ich weiß nicht. Der Strom ist ausgefallen …
MANN Die ganze Straße liegt im Dunkeln. Keine Schilder, keine Leute mehr zu sehen …
FRAU Das ist jetzt das zweite Mal in dieser Woche, dass in der ganzen Stadt der Strom ausfällt. Morgen haben wir bestimmt auch kein Wasser mehr. Dieser Sommer wird ein postnuklearer Sommer werden. Kein Wasser, kein Strom, das Essen verrottet in den Kühlschränken, die Menschen schmutzig und blind.
MANN Und das Baby?
FRAU Hier, auf meinem Bauch. Sein Herz ist eine Zeitbombe.
MANN Wenn ihr wollt, kann ich euch holen.
FRAU Nicht nötig.

Das Baby schläft ein.

MANN Du sagst gar nichts mehr.
FRAU Ich habe ein komisches Gefühl, so als ob ich lange Zeit tot gewesen wäre.
MANN Aber du bist nicht tot.
FRAU Jetzt weiß ich, was es ist. Und es ist eine Gewissheit. Zum ersten Mal in meinem Leben habe ich eine Gewissheit. Ich bin nicht in dich verliebt.
MANN Und ich?
FRAU Du bist auch nicht in mich verliebt. Das ist das Ende. Es ist wie im Film, wenn sich die Kamera langsam von den Figuren entfernt und man weiß, dass jeden Augenblick auf der Leinwand das Wort ENDE erscheinen wird, aber man will nicht, dass es so kommt.
MANN Ich versuche mal zu schlafen.
FRAU Ich auch.
MANN Ciao.
FRAU Ciao.
MANN Hallo? Bist du noch da?
FRAU Ja.
MANN Ich weiß schon, was ich mache, um zu schlafen. Ich werde in die Dunkelheit der Stadt hinausgehen, mit dem Motorrad blindlings zu dir fahren, in dein Bett steigen, wenn du schläfst, bei dir schlafen und wieder gehen, bevor du aufwachst.
FRAU Ciao.
MANN Ciao.

ENDE

TRAUM MIT REVOLVER

Dunkelheit. Weibliche Stimme. Männliche Stimme. In der Zukunft.

– Was ist denn dieser Lärm?
– Der kommt von der Wohnung über uns. Da lebt eine Chinesenfamilie. Ich weiß nicht, was die aufführen, jedenfalls hört man immer Karateschreie und Gegenstände runterfallen.
– Aber es hört sich an, als ob jemand ein Baby mit einer Axt verfolgen würde.
– Die sprechen so. Außerdem gibt es hier im Haus keine Babys.
– Und wenn du schlafen willst?
– Ich schlafe wenig.
– Seit wann habt ihr kein Licht?
– Seit mehreren Monaten.
– Gibt es keine Notbeleuchtung?
– Nein. Deshalb haben die Nachbarn beschlossen, den früheren Hausmeister durch einen Blinden zu ersetzen. Der sieht zwar nichts, ist aber immer auf dem Laufenden. Er sitzt im Dunkeln auf einem Stühlchen und schnüffelt an allen. Er erkennt die Leute am Geruch, wie ein Hund.
– Heute, als wir gekommen sind, war er nicht da.
– Doch, er ist immer da, aber er rührt sich nicht, er ist unsichtbar.
– Das kann nicht sein. Denn als wir die Haustür aufgemacht haben, war niemand da, und du hast gesagt, ich soll stillhalten, während du mich an die Wand gedrückt und geküsst hast …
– Er war da, neben den Aufzügen.
– Dann hat er also gesehen, wie du mir das T-Shirt ausgezogen hast …

– Gesehen hat er es nicht, er ist ja blind, aber gehört hat er sicher etwas.
Pause.
– Wie spät ist es?
– Zwei Uhr morgens. Willst du gehen?
– Nein, darum geht's nicht.
– Wenn du zu Hause schlafen willst …
– Nein, ist okay.
– Wirklich, mir macht das nichts aus …
– Willst du, dass ich gehe?
– Nein, es ist nur, weil du nach der Uhrzeit gefragt hast … Im Allgemeinen, wenn man gehen möchte, aber nicht unhöflich sein will, fragt man zuerst nach der Uhrzeit und sagt dann *es ist schon spät, ich muss gehen.*
– Ich muss nirgendwohin gehen, aber wenn du willst, dass ich gehe, dann gehe ich eben und Schluss.
Pause.
– Ich bin plötzlich aufgewacht mit diesen chinesischen Wörtern im Ohr. Ich habe was geträumt, kann mich aber nicht mehr erinnern …
– Ja, ich weiß, ich hab dich beobachtet, während du schliefst.
– Du hast mich beobachtet?
– Ja, du hattest den Mund offen und hast heftig geatmet. In einem bestimmten Moment hast du den Arm nach mir ausgestreckt, als ob du auf jemanden zielen würdest …
– Wie kannst du im Dunkeln sehen?
– Die Augen gewöhnen sich dran. Siehst du mich nicht?
– Nein.
– Habe ich die Augen offen oder zu?
– Weiß ich nicht. Offen.

– Nein. Zu.
– Wie viele Finger hat diese Hand?
– Weiß ich nicht. Ich sehe ja nichts.
Pause.
– Lass das. Als ich klein war, glaubte ich, mein Kopfkissen sei ein Huhn in einem Stoffbezug, das jeden Augenblick den Hals aus den Federn strecken und mir mit dem Schnabel ein Loch in den Kopf picken und ihn austrinken würde ...
– Ich träume einen Traum, der sich wiederholt. Ich befinde mich in einem Raum, der wie ein Theater oder ein Filmstudio aussieht, in dem russisches Roulette gespielt wird. Die Spielleiterin ist ein elfjähriges Mädchen mit roten Haaren, das einen Revolver in der Hand hält. Alle Mitspieler müssen sagen, warum sie sich umbringen wollen und einen letzten Wunsch äußern ...
– Und du spielst russisches Roulette?
– Ja. Aber im Traum bin ich ein alter Mann und darf mich nicht umbringen ...
– Ich habe noch nie geträumt, alt zu sein.
Pause.
– Ich habe Durst. Hast du Wasser da?
– Besser, du trinkst kein Wasser, es heißt, man könne sich damit vergiften.
– Und was trinkst du dann?
– Hier, probier mal.
– Was ist das?
– Heißt *Kinderspeichel*, ist so eine Art Limonade mit Gewürzen ...
– Schmeckt gut. So etwas habe ich noch nie probiert.
– Die machen ein paar Bolivianer, die einen Lebensmittelladen an der Grenze zur koreanischen Zone betreiben.

– Wo liegt denn die koreanische Zone?
– Im Süden der Stadt. Die koreanische und die bolivianische Mafia konkurrieren um die Versorgung der ganzen Gegend. Manchmal kann man in den bolivianischen Supermärkten Männer in Trainingsanzügen mit Schlitzaugen sehen – koreanische Spione, die sich über die Preise informieren und Rezepte klauen. Die Bolivianer wiederum erfinden Geschichten, um die Koreaner zu ruinieren, wie zum Beispiel, dass sie statt Huhn Ratte mit Reis servieren.
– Ich bin noch nie in diesem Teil der Stadt gewesen.
– Wo wohnst du?
– Im Norden.
– In den eingezäunten Vierteln mit den bewaffneten Wächtern?
– Nein, draußen an der Peripherie, wo die Züge der armen Leute fahren.
– Hast du immer dort gelebt?
– Nein, ich bin auf dem Land geboren, aber schon als kleines Mädchen nach Buenos Aires gekommen.
– Ich kann mir das Leben auf dem Land gar nicht vorstellen.
– Die Pampa ist immer gleich: grün, traurig, flach. Die Tage vergehen, während man die Kühe vorbeiziehen sieht, und die Kühe ziehen sehr langsam vorbei.
– Wann bist du weggezogen?
– Als ich acht war. Mein Vater hat das Viehtreiben aufgegeben und eine neue Arbeit gesucht. Am Anfang hasste er die Stadt. Mir hat sie immer gefallen; ich verbrachte ganze Nächte auf dem Balkon, nur um die Autos zu sehen. Er hat mich ausgelacht und gesagt, ich sei hypnotisiert von den Autobahnen.
– Mich haben Autos nie interessiert, Motorräder sind mir lieber.

– Auf so einem Ding bin ich noch nie gefahren. Mein Vater hat mich nie auf ein Motorrad steigen lassen.
– Lebst du bei deinem Vater?
– Ja.
– Aber ... Wie alt bist du denn?
– Das fragst du mich jetzt?
– Ja.
– Was schätzt du?
– Fünfundzwanzig ... sechsundzwanzig
– Nein.
– Siebenundzwanzig ...
– Nein.
– Unter dreißig.
– Ja.
– Achtundzwanzig ...
– Nein.
– Neunundzwanzig ...
– Nein.
– Keine Ahnung. Ich geb's auf.
Pause.
– Sechzehn.
– Sechzehn?
– Ich seh älter aus ... Ist aber nicht schlimm.
– Ich dachte, du wärst ... was weiß ich ... ich versteh gar nicht, wie die dich in die Kneipe reingelassen haben.
– Ich hab die Tür aufgemacht und bin reingegangen. Keiner hat mich irgendwas gefragt.
– Normalerweise lassen die keine Jugendlichen rein.
– Ich bin keine Jugendliche. Außerdem glaubten die, ich sei so eine, die mit Bodyguard rumläuft.

– Mit wem bist du denn gekommen?
– Mit meinem Vater. Oder besser gesagt, mein Vater ist mir hinterhergefahren. Als ich in die Kneipe kam, dachten sie, ich sei eine Schauspielerin oder die Tochter eines Funktionärs, weil da dieser muskulöse Typ war, der ein paar Meter hinter mir ging. Ich wusste, dass er da war, aber ich tat so, als ob ich nichts gemerkt hätte. Im erstbesten Moment schlüpfte ich in eine dunkle Ecke und versteckte mich hinter einem Pärchen, das sich gerade küsste. Meinem Vater war ganz schwindlig von der Diskokugel, er dachte, ich sei rausgegangen, und ging wieder.
– Warum ist er dir gefolgt?
– Er will nicht, dass ich alleine ausgehe.
– Als ich dich sah, hast du mitten in einer Gruppe von Männern mit schwarzen Lederjacken getanzt. Ich hielt dich für eine Frau, wegen der Haare, der Schuhe, deiner Art, mit den Augen zu zwinkern …
– Ich bin eine Frau.
– Eine erwachsene Frau, wollte ich sagen.
– Stört es dich, dass ich so jung bin?
– Nein.
– Wie alt bist du denn?
– Siebenunddreißig.
– Mein Vater ist siebenundvierzig.
– Und deine Mutter?
– Meine Mutter ist tot. Eines Tages, als ich zehn Jahre alt war, klopfte es an der Tür. Da meine Mutter gerade unter der Dusche stand, bat sie mich aufzumachen. Ich fragte, wer da sei, und eine Stimme sagte: *Ich bin ein Freund von deinem Papa.* Als ich aufmachte, kamen drei Männer herein, deren Köpfe in Motorradhelmen steckten, stießen die Badezimmertür auf und schossen auf

meine Mutter, die auf den Wannenrand stürzte, die Augen trüb vom Shampoo. Bevor sie gingen, sagten sie mir, ich solle meinen Papa schön grüßen.
– Und wieso haben sie deinen Vater gesucht?
– Er ist Polizist.
– Ach so.
– Magst du Polizisten nicht?
– Ich habe nichts gegen Polizisten, aber meine Freunde sind sie nicht.
– Das sagen die, die Angst haben.
– Ich habe keine Angst.
– Mein Vater sagt, das Problem der Menschen sei, dass sie alles aus Angst machen. Sie gehen zur Schule aus Angst, arbeiten aus Angst, kaufen Häuser, Autos, Fernseher, Haustiere aus Angst, gründen Familien aus Angst.
– Und Polizisten haben keine Angst?
– Polizisten haben weniger Angst. Mein Vater hat mir beigebracht, keine Angst zu haben.
– Wie?
– Es ist ganz leicht, du musst dir nur vorstellen, dass du schon tot bist und dass dich deshalb niemand und nichts mehr umbringen kann.
– Bist du jetzt tot?
– Fass mich an. Bin ich kalt?
– Ja.
– Dann bin ich tot.
– Und wie ist das so, tot zu sein?
– … als wenn man vor allem sicher ist.
Pause.
– Warum wolltest du mit zu mir kommen?

– Was?
– In der Kneipe hast du mich fixiert und dabei die Augen und den Mund verdreht, als ob du dir in die Schulter beißen wolltest. Als ich dich dann angesprochen habe, hast du gleich gesagt, wir sollten zu mir gehen.
– Wohin denn sonst?
– Du wolltest vor deinem Papa davonlaufen.
– Ich laufe vor niemandem davon.
– Warum wolltest du dann gehen?
– Irgendwie hat mir deine Art zu sprechen gefallen, unbeholfen wie ein Ausländer. Ich hatte einfach Lust, mit dir allein zu sein...
– Aber dein Vater hätte uns folgen können; er könnte jetzt unten an der Haustür stehen und warten, dass wir rauskommen... Vielleicht ist es besser, wenn du gehst.
– Mein Vater ist nach Hause gefahren und ist jetzt weit weg. Gib mir deine Hand. Spürst du was?
– Ja...
– Gefällt's dir?
– Ja...
– Jetzt lass mich mal...
– Ein bisschen langsamer...
– So?
– Halt still.
– Drück nicht so fest.
– Ja, so.
– Tut es nicht weh?
– Fester.
– Ich kann nicht fester...
– Ein bisschen mehr...

– Warte mal …
– Warum hast du aufgehört?
– Wir sind nicht allein.
– Was?
– Ich habe das Gefühl, dass da noch jemand im Zimmer ist. Jemand, der uns beobachtet.
– Unsinn, komm …
– Ich sehe rote Punkte, die leuchten, wie ganz kleine Augen.
Pause.
– Das ist der Kater.
– Welcher Kater?
– Der Kater, der auf dem Stuhl neben dem Bett sitzt. Siehst du ihn?
– Ja, ich glaube, jetzt ist er aufgestanden …
– Er schaut dich an …
– Ich mag das nicht, wenn er mich so anschaut. Sieht aus, als ob er mich jeden Moment angreifen würde.
– Der tut dir nichts. Kann sich fast nicht mehr bewegen. Er ist krank.
– Was hat er denn?
– Krebs; er wird bald sterben.
– Hast du schon mal daran gedacht, wie du sterben wirst?
– Nein …
– Hast du nie gedacht: *Ich werde bei einem Autounfall sterben oder von einem Wolkenkratzer springen oder mich anzünden oder im Schlaf sterben?*
– Nein, darüber spreche ich nicht gerne.
– Ich glaube, wenn ich einmal sterbe, werde ich an Krebs sterben …
– Wir werden fast alle an Krebs sterben.

– Ich glaube, ich werde an Lungenkrebs sterben; manchmal stelle ich mir sogar meine Lungen wie zwei rosa Flügel voller Löcher vor.
– …
– Wie heißt der Kater?
– Julian.
– Ich hatte nie Haustiere. Nein, gelogen. Ich hatte mal ein Kaninchen, das vom Balkon gefallen ist.
– Wie ist das passiert?
– Ich glaube, es hat Selbstmord begangen. Mein Vater sagte immer, Kaninchen seien sehr schmutzig, und steckte es einmal pro Woche in die Waschmaschine. Mit jeder Wäsche wurde das Kaninchen trauriger. Es taumelte und stieß gegen die Möbel und spuckte Seifenblasen wie ein Schlafwandler. Manchmal in der Nacht glaubte ich, es weinen zu hören. Es war kein normales Weinen, sondern ein Kaninchenweinen, eine Art zittriges Atmen mit Schluckauf. Eines Tages brachte es eine Nachbarin in einem Müllsack; sie sagte sie hätte es zerschmettert auf dem Asphalt gefunden …

Pause.

– Weinst du?
– Nein, ich weine nicht.
– Warum weinst du?
– Ich weine nicht, wenn ich traurig bin; ich weine, wenn ich Lust dazu habe.
– Und weshalb hast du gerade jetzt Lust zu weinen?
– Ich kann es nicht leiden, wenn man mich fragt, warum ich weine. Wenn es dich sehr stört, gehe ich eben woandershin weinen.
– Soll ich dich nach Hause bringen?

– Nicht nötig.
– Es ist gefährlich, in diesem Teil der Stadt allein auf die Straße zu gehen. Und die Taxis fahren nicht hierher. Seit das mit den Stromausfällen angefangen hat, wird dieser ganze Stadtteil nur noch *Black Box* genannt. Hier kommt weder die Polizei vorbei noch die Leute von der Regierung ...
Pause.
– Willst du eine Zigarette?
– Nein ... Oder doch.
– Nimm.
– Danke.
– Hast du Feuer?
– Hier.
– Und du?
– Ich rauche nicht mehr, aber ich hab es gern wenn jemand neben mir raucht.
– Wie hast du das geschafft, aufzuhören?
– Ich habe ein Päckchen Zigaretten geschluckt.
– Die Schachtel auch?
– Lach nicht, das war eine äußerst wirksame Methode. Ich hab sie eine nach der anderen geschluckt, einen ganzen Tag lang, immer dann, wenn ich rauchen wollte. Eine nach dem Frühstück, eine am Vormittag, beim Warten auf den Zug, auf dem Heimweg von der Arbeit, beim Kaffeetrinken, vor dem Einschlafen ...
– Hattest du danach eine Vergiftung?
– Zwei Tage lang lag ich mit Fieber im Bett; danach ist mir das Rauchen vergangen.
– Ich habe mit zehn angefangen zu rauchen. Aber immer heimlich im Badezimmer. Ich rauche nie vor anderen. Mein Vater sagt, Frauen, die rauchen, sind keine Frauen.

– Mach dir nichts draus. Ich tu so, als ob ich dich nicht sehe.
– Aber du siehst mich.
– Ich sehe die Formen, aber ich kann die Farben nicht unterscheiden.
– Mal sehen ... Welche Farbe hat mein Haar?
– Schwarz.
– Nein. Braun. Und die Augen?
– Braun?
– Blau ... Du erinnerst dich nicht an mein Gesicht!
– Doch, ich erinnere mich. Du hast zwei Muttermale über einer Augenbraue, ein bisschen auseinanderstehende Augen und Lippen, so dünn wie Rasierklingen.
– Mir hat noch nie einer gesagt, ich hätte auseinanderstehende Augen.
– Ein bisschen weiter auseinander als normal.
– Findest du mich hässlich?
– Nein, du bist sehr hübsch.
– Von den Frauen wird immer erwartet, dass sie schön sind. Seit meiner Geburt verbringe ich Stunden vor dem Spiegel und frage mich, ob ich hübsch genug bin, um in dieser Welt glücklich zu sein.
– *Du* brauchst dir doch keine Sorgen zu machen, du bist hübsch, wirklich.
– Das Problem ist, dass man immer noch hübscher sein könnte. Wenn ich ganz nebenbei in einem Supermarkt oder auf einer Rolltreppe eine wirklich schöne Frau sehe, würde ich am liebsten heulen.
– Schön sein ist nicht so wichtig.
– Die Welt ist für schöne Frauen gemacht. Den Männern stellt sich dieses Problem nicht, schließlich haben *sie* ja die Welt gemacht.

Wenn es einmal eine andere Welt geben sollte, dann würde ich dafür sorgen, dass alle blind sind.
– Ich mag Blinde nicht, sie kommen mir wie Spione vor, wie der Hausmeister.
Pause.
– Diese Marke Zigaretten schmeckt mir. Sind sicher teuer. Ich kaufe immer die ganz gewöhnlichen.
– Die sind nicht so teuer. Sind vom Schwarzmarkt. An einem offiziellen Kiosk Zigaretten kaufen kostet so viel wie ein Fernseher. Die hier verkaufen sie auf der Straße.
– Wo?
– Hast du nie die schwarzen Mädchen auf der Straße gesehen, die Päckchen mit Heftpflaster verkaufen?
– Doch.
– Sie heißen nur *die Krankenschwestern*, weil sie dir statt Gesundheit Krankheit verkaufen. In den Päckchen sind importierte Zigaretten statt Pflaster für kleine Verletzungen.
– Und was kosten die?
– Dreißig.
– So viel hab ich nie dabei.
– Willst du Geld?
– Nein, wieso?
– Ich weiß nicht. Vielleicht willst du Geld, weil du mit mir ins Bett gegangen bist. Ist kein Problem, ich kann dir was geben …
– Nein, ich will kein Geld … Hältst du mich für eine Hure?
– Nein, ich dachte nur, ich könnte dir vielleicht helfen.
– Es stört mich nicht, wenn du mich für eine Hure hältst; Huren verdienen meinen vollen Respekt. Was ich nicht verstehe, ist, wieso du glaubst, ich bräuchte Hilfe.
– Entschuldigung, ich wollte dich nicht beleidigen.

– Glaubst du, ich brauche nur finanzielle Hilfe oder auch psychologische?
– Ich finde, du bist ganz in Ordnung so.
– Nein, eben nicht, und ich kann es nicht ausstehen, wenn man mich behandelt, als ob ich ein Trottel wäre oder einen Dachschaden hätte ...
Pause.
– Gehst du zu Huren?
– Nein, jetzt nicht mehr.
– Aber du hast es gemacht?
– Ja, früher mal.
– Als du jung warst?
– Ja, und als ich älter war auch.
– Warum? Hattest du sonst niemanden?
– Doch, ich hätte mit jedem Mädchen schlafen können, aber ich wollte eine Hure.
– Versteh ich nicht.
– Es ist irgendwie anders, wenn man bezahlt.
– Wie?
– Das kann ich dir schlecht mit Worten erklären ...
– Du meinst, wie einen Zwillingsbruder kaufen, einen Liebhaber für Regentage oder ein Kind kaufen und ihm deinen Namen geben, eine Gruppe Fans kaufen, eine Frau oder einen Mann kaufen, der immer in deinem Bett schläft ...
Pause.
– Wie kommt man an eine Hure? Auf der Straße?
– Es gibt viele Möglichkeiten: Du kannst eine anrufen, auf die Parkplätze fahren, wo die Prostituierten stehen, die es im Auto oder auf dem Motorrad machen, oder dahin gehen, wo gleich mehrere zur Verfügung stehen ...

– Ich dachte, Bordelle sind von vorgestern.
– Das sind keine Bordelle. Es sind winzige Apartments, nicht viel größer als ein Aufzug, mit einem Klappbett an der Wand. Du bestimmst, wie sie heißen soll, wie sie angezogen sein soll ...
– Als Krankenschwester, Stewardess, Guerrillakämpferin?
– Ja, manchmal kann man sich auch etwas Persönlicheres wünschen. Du kannst zum Beispiel sagen, sie soll jemandem ähnlich sehen, den du geliebt hast, aber dafür musst du vorher ein Foto und eine detaillierte Beschreibung dieser Person schicken ...
– Ich würde mir eine Prostituierte wünschen, die wie meine Mutter aussieht.
– ...
Pause.
– Bist du verheiratet?
– Nein...
– Freundin?
– Auch nicht.
– Aber du hattest mal eine ...
– Ja, früher ja.
– Wie lange?
– Weiß ich nicht mehr so genau ...
– Wenn du nicht willst, brauchst du es mir nicht zu erzählen ...
– Okay.
Pause.
– Soll ich zuerst erzählen?
– Wie du willst ...
– Mit zehn habe ich mich zum ersten Mal verliebt – in einen gelähmten Jungen, der mit mir in die Grundschule ging.
– Gelähmt?
– Ich verliebe mich immer in die Schwachen.

– Und was ist aus ihm geworden?
– Ich habe ihm lange Briefe mit Zeichnungen geschrieben, und er hat mich ignoriert. Eines Tages habe ich ihn dann einfach gefragt, ob er mit mir gehen will, und er hat gesagt, er würde es sich überlegen. Schließlich hat er Ja gesagt. Zwei Jahre lang gingen wir miteinander; ich habe ihn auf den Armen überallhin getragen, ihm Geschenke gemacht, meiner Mutter Geld geklaut, um ihm Pornohefte zu kaufen. Aber er hat nie gesagt, dass er mich liebt; er wollte immer nur, dass ich das Kleid hochhebe, damit er an mir riechen konnte ...
– Und wie hat das Ganze geendet?
– Ich hab ihn mit dem Rollstuhl den Hang runtergestoßen.
– Hast du ihn verletzt?
– Es war nichts Schlimmes, aber ich bin von der Schule geflogen. Danach wollte ich nie mehr einen Freund. Ich bin mit vielen Jungs zusammen gewesen, aber ich halte es nicht aus, mehr als einmal mit einem zu schlafen ...
– Und mit wie vielen hast du geschlafen?
– Fünfundvierzig.
– Fünfundvierzig?
– Mit dir sechsundvierzig ... Für mich ist das nicht so wichtig. Manchmal würde ich beim Ficken am liebsten weinen, und manchmal ist es wie Schwimmen.
– Bist du nie mit einer Frau zusammen gewesen?
– Doch, aber die zähle ich nicht.
– Warum?
– Weil das so ist wie eine Doppelgängerin oder eine Schwester haben ...
– ...

Pause.

– Und du, willst du mir nichts von deinen Freundinnen erzählen?
– Ich habe fünf Jahre mit einer Schriftstellerin zusammengelebt.
– Warum habt ihr euch getrennt?
– Eines Morgens stand ich auf und sah sie in Unterhemd und Höschen auf dem Bett sitzen, mit einem Schleier vor den Augen. Ich fragte sie, was los sei, und sie sagte mir, sie würde mich nicht mehr lieben, das hätte sie letzte Nacht beim Fernsehen gemerkt.
– Hat sie dich verlassen?
– Sie ist aufgestanden, wir haben gefrühstückt, und sie hat den Umzugswagen bestellt.
– Du hast sie nie wiedergesehen ...
– Doch, ich seh sie oft. Sie ist nur einen Block weiter gezogen. Manchmal treffen wir uns im koreanischen Supermarkt oder in der Wäscherei oder an der Ampel, bevor wir über die Straße gehen. Sie hat immer ihren Kopfhörer auf und hört Musik, sodass es keine Gelegenheit gibt zu reden.
– Und habt ihr Kinder?
– Ja, eine Tochter. Aber ich seh sie nur selten. Sie bringt sie einmal in der Woche zum Hausmeister, und ich hole sie ab.
Pause.
– Hast du den Lichtstrahl gesehen?
– Ja.
– Was ist das?
– Das sind Lichter vom Flughafen, zur Orientierung für die Flugzeuge. Da ein Teil der Stadt im Dunkeln liegt, rammen die Flugzeuge sonst die Wolkenkratzer.
– Mein Vater sagt, Flugzeuge sind prähistorische Tiere, wie Schildkröten. Er meint, in der Zukunft würden sich die Menschen von einem Ort zum anderen teletransportieren ... Und dieses andere Licht?

– Keine Ahnung, kommt von der Straße ... Da ist ein Polizeiauto mit angeschalteten Scheinwerfern vor der Eingangstür. Komisch. Die kommen sonst nie hierher. Das ist dein Vater.
– Das darf doch nicht wahr sein ...
– Dann ist er uns also doch gefolgt.
– Was macht er?
– Das Auto steht mit eingeschalteten Scheinwerfern da. Jetzt streckt der Polizist den Kopf aus dem Fenster. Er spricht mit einer Frau in einem roten Kleid.
– Eine Nutte?
– Keine Ahnung ... Jetzt hat ihr der Polizist die Haare vom Kopf gerissen. Die Frau hatte eine schwarze Perücke auf und darunter ist sie kahl. Nein, es ist gar keine Frau. Es ist ein Mann in Frauenkleidern.
– Ein Mann?
– Der Polizist prügelt ihn mit einem Golfschläger. Jetzt rennt der Mann im roten Kleid mit blutendem Kopf davon.
– Raucht der Polizist?
– Nein.
– Dann ist es nicht mein Vater ...
– Aber es kann doch sein, dass er jetzt gerade nicht raucht.
– Mein Vater raucht ununterbrochen, außer wenn er schläft. Er hat sogar Zigaretten unter seinem Kopfkissen; er behauptet, er raucht im Schlaf ...
Pause.
– Es regnet.
– Ich habe keinen Schirm dabei, beziehungsweise ich habe überhaupt keinen Schirm. Ich lass ihn immer irgendwo liegen. Es sollte Einwegschirme geben, so wie Windeln.
– Und wie kommst du jetzt nach Hause bei diesem Regen?

– Ich dachte, ich könnte bei dir wohnen.
– Bist du verrückt? Du kennst mich doch gar nicht.
– Macht nichts. Ich weiß, dass du kein schlechter Mensch bist – wegen deinem Geruch, den Wörtern, die du benutzt. Meine Wäsche könnte ich zum Beispiel hier unterbringen …
– Lass die Finger von meinen Sachen.
– Aha … ein Heft … ein Motorradhelm … Lass mal sehen.
– Nimm die Hände da raus.
– Lass mich los, ich werde dein Tagebuch schon nicht lesen, wenn du nicht willst… Und das hier? Kalt, Abzug. Ein Revolver.
– Gib her.
– Ich hab keine Angst vor Revolvern. Mein Vater hatte immer einen Revolver unter dem Arm.
– Gib schon her.
– Kaliber zweiunddreißig. Ein Damenrevolver.
– Besser, du gehst jetzt.
– Sei mir nicht böse. Wenn du willst, gehe ich, sobald die Sonne aufgeht.
Pause.
– Ich geh schlafen. Mach, was du willst.
– Nicht einschlafen.
– Was ist?
– Ich bin in dich verliebt. Ich hab's gemerkt, als du gesagt hast, ich soll gehen.
– Aber du kennst mich doch gar nicht.
– Ich will dich kennenlernen. Wie heißt du?
– Was?
– Ich hab dir meinen Namen gesagt, aber du mir nicht deinen.
– Julian.
– Wie der Kater.

– Genau, wie der Kater.
– Hast du ihm deinen eigenen Namen gegeben?
– Es ist mir kein besserer eingefallen.
– Und was machst du so?
– Ich gehe schlafen.
– Ich will wissen, was der Mensch macht, in den ich verliebt bin.
– Ich bin Lehrer.
– Für was?
– Für Geschichte.
– Alte oder neuere Geschichte?
– Neuere.
– Ich habe nie verstanden, warum man uns in der Schule Geschichte immer anhand einer Liste von Ursachen und Folgen erklärt hat.
– Das ist eine Art, die Entwicklung der Ereignisse zu verstehen.
– Ich erinnere mich bis heute an eine Prüfung, in der ich nach den Ursachen des Zweiten Weltkriegs gefragt wurde und geantwortet habe: *der Wunsch, zu sterben und zu töten*. Der Lehrer hat mich nach dem Unterricht zu sich zitiert und mich gefragt, ob das ein Witz sein soll. Ich hab ihm dann geantwortet, ich hätte ganz viel gelesen und fände, dass das die Ursache der meisten Kriege in der Welt sei.
– …
– Und wozu hast du alle diese kleinen Waagen und Fläschchen?
– Welche Waagen?
– Als wir reinkamen bin ich gegen einen Tisch mit lauter Waagen gestoßen.
– Ich bin nicht nur Lehrer, ich bin auch Dealer.
– Und wo verkaufst du das Zeug? In der Schule?

– Nein, das läuft getrennt. Morgens unterrichte ich in der Schule und abends verkauf ich Drogen an ein paar Freunde.
– Deshalb hast du einen Revolver.
– In diesem Stadtteil hat jeder eine Waffe. Meine Schüler, der blinde Hausmeister, der Mann, der auf der Straße Äpfel verkauft, die Frau, die zum Einkaufen geht.
– Schenkst du ihn mir?
– Nein …
– Bitte. Ich wollte schon immer so einen Revolver. Außerdem hast du sicher noch einen anderen; der hier gehörte der Schriftstellerin, oder?
– Ja …
– Sie hat dich verlassen, du solltest nichts von ihr aufheben.
– Also gut, behalt ihn.
– Ich liebe dich.
– Du bist vielleicht witzig…
– Ich bin nicht witzig. Gib mir einen Kuss.
– …
Pause.
– Ich mag deine Küsse in Zeitlupe. Gefallen dir meine schiefen Zähne?
– Ja.
– Und meine Schultern?
– Ja.
– Und mein Po?
– Ja, dein Schulmädchenpo gefällt mir auch.
– Und meine Achseln?
– Mir gefallen deine hervorstehenden Rippen, wie bei einer Hühnerbrust…
– Und die Hüftknochen, gefallen sie dir?

– Ja, um dich festzuhalten.
– Und meine Füße? Sind sie nicht zu groß?
– Nein, sie sind perfekt.
– Jetzt brauche ich einen Liebesbeweis.
– Einen Liebesbeweis?
– Ja, einen Beweis, damit ich weiß, ob du mich liebst oder ob du Angst hast.
Pause.
– Was machst du da?
– Nichts.
– Hör auf mit dem Blödsinn. Wir werden jetzt nicht Cowboy spielen.
– Ich mag Cowboys nicht.
– Lass das, der ist geladen.
– Ich muss deine Liebe prüfen.
– Leg den Revolver weg.
– Warte. Ich hab Nasenbluten … Jetzt erinnere ich mich, was ich geträumt habe, als mich die Chinesen aufgeweckt haben. Ich habe von meiner Hochzeit geträumt. Ich ging mitten durch eine Kirche mit einer ellenlangen Schleppe, die von blinden Kindern getragen wurde. Plötzlich begann meine Nase wie wild zu bluten, und das Hochzeitskleid bekam lauter Flecken. Vor dem Altar stand ein Mann mit dem Rücken zu mir, und als ich meinen Schleier hob, um ihn zu küssen, merkte ich, dass sein Gesicht wie die Haut auf den Knien war, runzelig, ohne Augen, ohne Mund, ohne Nase. Dann zog ich einen Revolver aus meinem Hochzeitskleid. Einen Revolver, Kaliber zweiunddreißig …
– Das ist kein Traum.
– Woher weißt du, dass es kein Traum ist?
– Es ist Realität, wir haben die Augen offen.

– Niemand kann sicher sein, ob er schläft oder ob er wach ist ...
– ...
– Ich habe eine Idee: Ich werde auf dich schießen. Wenn es ein Traum ist, wache ich auf; ich werde dir den Traum erzählen, und wir werden darüber lachen. Wenn ich nicht aufwache, werde ich mir den Revolver in den Mund stecken und noch einmal abdrücken.

ENDE

LIEBE IST EIN HECKENSCHÜTZE

PERSONEN

DER SCHIEDSRICHTER: rothaariges Mädchen, 11 Jahre
DIE SPIELER:
1. Der Schüchterne, 18 Jahre
2. Cowgirl mit Gitarre, 30 Jahre
3. Stripperin, zwischen 35 und 40 Jahre
4. Die Schönheit – trägt eine Tüte über dem Kopf –, 21 Jahre.
5. Boxer, 35 Jahre
6. Don Juan, 65 Jahre
DIE ROCKBAND

In einem weißen, rechteckigen Raum: zwei Tische, zwei Mikrofone, eine Kamera, eine Leinwand, ein Bänkchen, Markierstifte, mehrere Blätter Papier, Fußpuder, ein Revolver, ein Apfel, ein Spiegel, Stricke, breites Klebeband, vier Scheinwerfer, eine Metallbox, ein Exemplar des *Don Juan* von Molière, vier Plakate in Form von überdimensionalen Seiten eines Hefts mit Listen von Wörtern, die ein kleines Mädchen aufgeschrieben hat, etc.

In einem anderen Raum: eine Rockband, die man nur über Videokamera auf der Leinwand sieht.

Die Rockband spielt in voller Lautstärke. Das rothaarige Mädchen kommt herein, mit einem Motorradhelm und einem Revolver, und bleibt in der Mitte der Bühne stehen. Die Band hört auf zu spielen. Das Mädchen legt die Hand aufs Herz, fällt wie tot zu Boden, steht wieder auf und zielt mit dem Revolver auf die Wand.

Dann schreibt es auf eine Tafel: DIE LIEBE IST EIN HECKENSCHÜTZE.

ROTHAARIGES MÄDCHEN Russisches Roulette ist ein Glücksspiel. Eine der sechs Kammern eines Revolvers wird mit einer Kugel geladen, dann dreht man die Trommel. Jeder Spieler setzt sich den Revolver an den Kopf und drückt ab. Wer die Kugel erwischt, gewinnt und stirbt. Diese Variante des russischen Roulettes hat folgende Regeln: Alle Spieler müssen sagen, warum sie spielen wollen; alle Spieler müssen einen letzten Wunsch äußern, bevor sie sterben; alle Spieler müssen den anderen helfen, ihren Wunsch zu erfüllen.

Die sechs Teilnehmer kommen herein und stellen sich im hinteren Teil der Bühne in einer Reihe auf. Das Mädchen geht nach hinten und wählt den ersten Spieler aus. Der Spieler geht nach vorne zum Mikrofon.

DER SCHÜCHTERNE Guten Abend. Ich bin, wie soll ich sagen … liebesanfällig. Genau. Ich bin liebesanfällig. Fast täglich verliebe ich mich, wenn ich auf die Straße gehe. Ich sehe ein Mädchen, es gefällt mir, ich bin verliebt. Ich verstehe den Unterschied nicht zwischen *du gefällst mir, ich mag dich, ich liebe dich.*

Die Schönheit, das Cowgirl, das Mädchen und die Stripperin nähern sich dem Schüchternen und schauen ihn an.

DER SCHÜCHTERNE Ich bin nicht oberflächlich. Ich glaube, die Liebe sieht aus wie … wie … wie eine Wolke. Genau. DIE LIEBE IST EINE WOLKE.

Die Schönheit streckt ihm durch die Tüte die Zunge heraus.

DER SCHÜCHTERNE Man sieht sie, oder man sieht sie nicht. Punkt. Ich sehe ständig Wolken. Heute zum Beispiel, als ich die Straße überquerte, sah ich ein Mädchen von der anderen Straßenseite kommen.

Das rothaarige Mädchen geht quer über die Bühne.

DER SCHÜCHTERNE Sie war rothaarig und voller Sommersprossen, und ich liebe Sommersprossen. Ich wollte sie ansprechen, aber wir standen mitten auf der Straße, und die Autos hätten uns überfahren können. Außerdem hatte sie einen ... Walkman, nein, einen Discman auf, egal, jedenfalls hatte sie etwas in den Ohren und konnte mich nicht hören.

Die Stripperin schlägt ein Rad und macht einen Spagat vor dem Schüchternen.

DER SCHÜCHTERNE Also bin ich mit gebrochenem Herzen weitergegangen. Ich habe nie verstanden, warum das Herz bricht. Das Herz muss aus Glas sein. Das ist es. Das Herz muss aus Glas sein, darum zerbricht es ständig, und jeden Tag verliebe ich mich, und mir wird das Herz gebrochen.

Währenddessen schreibt Don Juan einen Selbstmörderbrief an die Tafel:

Meine Lieben:
Gebt niemandem die Schuld für diese Tat.
Mein Herz ist ein künstliches Herz, ein Roboterherz. Ich empfinde nichts.
Ich bin bereit zu sterben, denn ich probe schon die Rolle der Leiche.
Don Juan

DER SCHÜCHTERNE Doch ich traue mich nie, jemanden anzusprechen. Immer denke ich: Wenn ich sie nach der Uhrzeit frage,

bin ich ein Idiot, wenn ich sie um ihre Telefonnummer bitte, bin ich ein Idiot, wenn ich ihr einen Kuss gebe, bin ich ein Idiot. Einmal hat mir ein Mädchen gesagt, ich sei sehr ...
COWGIRL Melancholisch?
DER SCHÜCHTERNE Nein.
COWGIRL Paranoid?
DER SCHÜCHTERNE Nein.
COWGIRL Unsicher?
DER SCHÜCHTERNE Nein.
COWGIRL Schüchtern?
DER SCHÜCHTERNE Ja, genau. Einmal sagte mir ein Mädchen, dass ich sehr schüchtern sei. Sie sagte, du bist sehr schüchtern, darum bist du immer allein. Daraufhin beschloss ich, mir einen Hund zu kaufen. Ich dachte, wenn ich einen Hund habe, bin ich nicht allein, und dann bin nicht schüchtern. Und so war es auch. Mein Hund ist sehr gesellig, er läuft auf die Mädchen zu und schleckt sie. Und sie fragen mich ...
COWGIRL Wie heißt er? Wie alt ist er? Welche Rasse ist das?
DER SCHÜCHTERNE Ich antworte einsilbig und gehe. Weil ich denke, dass sie mich nicht ansprechen, weil ich ihnen gefalle, sondern weil sie den Hund ...
COWGIRL Niedlich, putzig, süß finden ...
DER SCHÜCHTERNE So ähnlich. Und wenn ich ihnen gefalle, und der Hund nur ein Vorwand ist, gehe ich auch weg, weil ich denke, sie halten mich bestimmt für einen Idioten, der den Hund dazu benutzt, um sie zu erobern, oder schlimmer, für einen schüchternen Idioten, der sich einen Hund gekauft hat, weil er nicht weiß, wie er ein Mädchen ansprechen soll.

Das Cowgirl geht mit seiner Gitarre nach hinten.

DER SCHÜCHTERNE Kurzum, die meiste Zeit verbringe ich allein, und manchmal denke ich daran …
ROTHAARIGES MÄDCHEN Deinen Hund umzubringen.
DER SCHÜCHTERNE Meinen Hund umzubringen.

Das rothaarige Mädchen geht, und der Schüchterne folgt ihr.

DER SCHÜCHTERNE Wie heißt du?

Das rothaarige Mädchen antwortet nicht. Dann bleibt es stehen und sieht ihn an.

ROTHAARIGES MÄDCHEN Lucía.

Das Cowgirl mit der Gitarre tippt der Schönheit auf die Schulter.

DAS COWGIRL *zur Schönheit* Spielst du Gitarre?
DIE SCHÖNHEIT Nein …
COWGIRL *zum Boxer* Spielst du Gitarre?
BOXER Ja …
COWGIRL Begleitest du mich?
BOXER Okay. Was soll ich spielen?
COWGIRL Egal, irgendetwas.

Der Boxer spielt.

COWGIRL Nein, das nicht. Etwas Ruhigeres.

Der Boxer zupft leise die Gitarre

COWGIRL Ich bin keine Frau, ich bin ein Pferd. Am Tag vor meiner Geburt träumte meine Mutter, sie würde ein Pony zur Welt bringen. Das Pony kam schleimbedeckt aus ihrem Bauch und galoppierte durch die Gänge des Krankenhauses, wobei es mit den Beinen der Krankenschwestern zusammenstieß. Meine Mutter erzählte mir immer die Geschichte vom Pony, wenn ich Angst hatte und nicht schlafen konnte. Als ich sieben war, hat sich meine Mutter umgebracht, und ich konnte nicht mehr schlafen. Mein Vater, der nicht wusste, wie er meine Mutter ersetzen sollte, schenkte mir ein Pferd namens Rainbow. Mein Vater sprach gern Englisch, aber auf dem Land konnte niemand Englisch, sodass er immer mit sich selbst sprach. Mein Vater besaß eine Farm mit verschwitzten Landarbeitern, schön anzusehen. Da ich die einzige Tochter war, verbrachte ich die Tage unter lauter Männern. Ich hatte ganz lange Haare und galoppierte immer gegen den Wind.

Der Don Juan verfolgt die Stripperin mit kurzen Schritten quer über den hinteren Teil der Bühne.

COWGIRL Mit der Zeit verwilderte ich immer mehr. Ich betrank mich mit den Landarbeitern in der Kneipe, prügelte mich mit wildfremden Menschen, und am Ende der Nacht ging ich mit dem Nächstbesten ins Bett. Nein, Entschuldigung, nicht mit dem Nächstbesten. Er musste eine Geschichte erzählen können. Nicht jeder kann Geschichten erzählen. In der Regel langweilen mich die Leute, wenn sie reden. Aber wenn mir jemand eine Geschichte gut erzählt, egal, ob es sich dabei um eine Radtour oder einen Roman von Henry James handelt, dann will ich mit diesem Menschen ins Bett gehen und mich von ihm zum Einschlafen bringen lassen. Ich kann einfach nicht schlafen. Seit meine Mutter gestorben ist, leide ich fast jede Nacht unter Schlaflosigkeit. Es stimmt nicht, dass nur die Stadtmenschen unter Schlaflosigkeit leiden. Auf dem Land ist die Stille wie eine Axt im Kopf.

Der Schüchterne zeichnet die Schönheit, als ob sie nackt wäre. Die Schönheit sitzt ihm Modell auf einem Bänkchen.

COWGIRL In einem nächtlichen Ritt über die Autobahn wurden Rainbow und ich von einem Lieferwagen angefahren; am Steuer saß ein junger drogensüchtiger Gaucho. Als ich im Krankenhaus aufwachte, sagte der Gaucho zu mir: »Rainbow ist tot, du hast acht Rippen gebrochen, und ich bin in dich verliebt; das ist mir klar geworden, als ich dich blutend unter den Rädern des Lieferwagens liegen sah.« Und ich öffnete die Augen und dachte DIE LIEBE IST EIN UNFALL? Zwei, drei, fünf Jahre lang waren wir ineinander verliebt. Eines Tages sagte er, es ist aus, schenkte mir seine Gitarre und ging bekifft und barfuss über die Weiden davon. Zuerst wollte ich die Gitarre verbrennen, doch dann begann ich Lieder zu schreiben.

Alle schauen das Cowgirl an.

BOXER Was für Lieder?
COWGIRL Liebeslieder.
BOXER Dann spiel mal.

Der Boxer reicht ihr die Gitarre, und sie spielt und singt:

COWGIRL Ich komm zu dir mit einem Kanister Benzin
Vorsicht, ich werde dich anzünden
Und dabei eine Zigarette rauchen mit meiner neuen Frisur
Ich bin so weit, es kann losgehen
Ich werde deine Bücher verbrennen, deine Unterwäsche, deine ganzen Sachen
Ich werde in dein Bett kommen mit einem alten Revolver
Keine Angst, ich werde dich nicht wecken
Ich habe nur eine Kugel, und die trägt deinen Namen
Wie ein Cowboy durchquere ich die Nacht
Ich werde auf deine Brust schießen, in dein Herz schießen

Das ganze Blut an der Decke
Das ganze Blut auf der geblümten Matratze
Liebe ist ein Heckenschütze
Liebe ist ein Heckenschütze.

Die Stripperin kommt mit dem Mikrofon nach vorne

STRIPPERIN Hello. Good night. I'm going to speak in English because I can't speak my language anymore.
DAS COWGIRL *singt weiter* Die Liebe ist ein Heckenschütze.
STRIPPERIN I'm from Argentina. I'm from Cordoba. But I won't speak Cordobes nor Spanish.
DAS COWGIRL *singt weiter* Die Liebe ist ein Heckenschütze.
STRIPPERIN I was in love with someone but I lost him.
DAS COWGIRL *singt weiter* Die Liebe ist ein Heckenschütze.
STRIPPERIN I can't speak Spanish anymore.
BOXER Ich versteh nichts.
DER SCHÜCHTERNE Sie sagt, dass sie in jemanden verliebt war und ihn verloren hat …
STRIPPERIN Psssst …

Der Schüchterne beginnt, eine Übersetzung mit verkürzten Sätzen, Pfeilen, Strichen und Zeichnungen auf eine Tafel zu schreiben. Der Boxer geht zur Tafel, um die Übersetzung zu lesen.

STRIPPERIN Spanish makes me think about him. Every word in Spanish makes me think about him. *Córdoba, zapatillas, alfajores, nadar, bebé.* When we finished I was mute for a year. I couldn't speak. Then I decided to learn another language to forget him. Everybody says that English is very good. I studied English and look for a new job. I was a gym teacher in school but I decided to become a stripper.

BOXER Was hat sie gesagt?
STRIPPERIN Yes, stripper.
BOXER *zum Schüchternen* Sie ist eine Hure.
STRIPPERIN I'm not a whore because whores have to talk. But strippers are nude and silent, they just dance and take out their clothes. I think that LOVE IS A STRIPTEASE but you don't take out just your clothes, you take out your organs: your heart, your brain, your stomach. I don't want to fall in love anymore.
COWGIRL Das ist gelogen. Du bist keine Stripperin.
BOXER Dann zeig uns doch mal einen Striptease.
DER SCHÜCHTERNE Ich liebe dich. Tu's nicht.

Man hört Punkmusik, und die Stripperin beginnt einen eigenartigen Stripteasetanz.
    Der Schüchterne sieht ihr mit gebrochenem Herzen zu. Die Stripperin tanzt weiter und zieht sich das Oberteil aus.

DER SCHÜCHTERNE Nein, nein, nein ... Zieh dich nicht aus.

Die Spieler schauen ihr zu; dann tanzen sie völlig außer sich.

DER SCHÜCHTERNE Bitte, komm zurück ...

Die Stripperin macht zuckende Bewegungen auf dem Boden und tanzt weiter.

DER SCHÜCHTERNE Bitte.

Die Stripperin ist nur noch mit Unterhose und Büstenhalter bekleidet, und als sie sich den Büstenhalter ausziehen will, unterbricht sie der Schüchterne.

DER SCHÜCHTERNE Ich habe einen letzten Wunsch bevor ich sterbe. Ich wünsche mir von jedem einen Kuss auf den Mund.

Ich war oft kurz davor, jemanden auf den Mund zu küssen, aber immer kam etwas dazwischen, und ich konnte nie ...

Alle stehen Schlange, um den Schüchternen zu küssen. Zuerst küsst ihn die Stripperin, ein kurzer und unbeholfener Kuss. Dann küsst der Schüchterne die Schönheit. Dann nähert sich der Boxer; sie fangen an, erst vorsichtig, dann heftiger miteinander zu kämpfen, und schließlich küssen sie sich. Dann geben sich der Schüchterne und das Cowgirl einen langen und leidenschaftlichen Kuss. Anschließend küsst der Don Juan den Schüchternen, als ob er eine Filmschauspielerin küssen würde. Schließlich kommt das rothaarige Mädchen, und als er es küssen will, stößt es ihn zurück.

ROTHAARIGES MÄDCHEN Ich hebe mir meinen ersten Kuss für jemand anderen auf. Ich bin schon eine Frau. Seit meinem elften Lebensjahr bin ich eine Frau, aber ich kenne die Liebe noch nicht. Ich habe sie in Filmen, in Büchern, in Liedern gesehen.

Manchmal stehe ich mit dem Gedanken auf, dass ich mich heute in der U-Bahn, in der Pause auf dem Schulhof, in einem Fahrstuhl verlieben werde, aber dann wird es doch nichts, und ich sitze vor dem Fernseher oder mache Listen mit Wörtern: Dinge, die mir Angst machen.

Alle lesen Wörterlisten von Plakaten an den Wänden ab.

BOXER Ich habe Angst vor der Dunkelheit
Ich habe Angst vor Ratten
Ich habe Angst vor meiner Mutter
Ich habe Angst vor der Zukunft
Ich habe Angst vor Flughäfen
Ich habe Angst vor dem Atomkrieg
Ich habe Angst vor Blinden

Ich habe Angst vor Menschen ohne Humor
Ich habe Angst vor meinem Herzen
Ich habe Angst vor mir selbst
ROTHAARIGES MÄDCHEN Wörter, die mich zum Weinen bringen.
DIE SCHÖNHEIT Lied Roboter Landarbeiter Einsilber morgen du Kühlschrank Pimmel Fallschirm Zähne Pony Begierde Tätowierung Ohr Schönheit Zwillingsschwester Narbe Idiot Baby Zufall Liebe Streichholz Wolke.
ROTHAARIGES MÄDCHEN Gegenstände aus meinem Zimmer.
DON JUAN Rekorder Tierposter Deckenventilator Lämpchen Nachttisch CDs Apparate für die Zähne Unterhosen Kopfkissen Buch mit Zeichnungen Bett.
ROTHAARIGES MÄDCHEN Dinge, die ich nie gemacht habe.
COWGIRL Reisen küssen verkaufen ficken gebären kiffen stillen verbieten vergewaltigen stehlen investieren jemanden anstellen sterben.
BOXER Ich habe einen Wunsch, bevor ich sterbe. Ich wünsche mir, dass ihr mir die Tätowierungen entfernt. Die habe ich mir machen lassen, als ich noch sehr jung war, und jetzt gefallen sie mir nicht mehr. Könnt ihr sie mir übermalen?

Das Mädchen vom Land nimmt einen Markierstift und geht zu ihm hin. Die Schönheit filmt die Tätowierung, und die restlichen Spieler betrachten sie im Großformat auf der Leinwand.

BOXER Das ist die erste Tätowierung, die ich mir machen ließ. Ich war vierzehn, bin in einen Tattooladen gegangen, dort haben sie mir eine Liste gegeben, und ich habe eine ausgewählt. Damals fand ich die am schönsten.
COWGIRL Was ist das?

BOXER Ein Mond mit Clownsgesicht. Kurze Zeit später gefiel er mir nicht mehr besonders, und jetzt gefällt er mir überhaupt nicht mehr.

Das Cowgirl übermalt den Mond mit dem Markierstift.

BOXER Das hier ist die zweite. Ein Blitz. Die hat mir ein Heavy-Metal-Fan gemacht; aber der Blitz wurde schief, und ich musste mir eine andere darübertätowieren lassen, um sie zu verdecken.

Das Cowgirl übermalt die Tätowierung mit dem Markierstift.

BOXER Das ist die dritte Tätowierung, die ich mir machen ließ. Es sollte etwas von meiner Mutter sein, etwas das typisch für sie ist, aber da sie Olga heißt, hab ich mir meine Initialen mit einer Fledermaus drüber machen lassen.

Das Cowgirl übermalt die Tätowierung mit dem Markierstift.

BOXER Nein, die hier nicht. Das ist die einzige, die mir gefällt. Die habe ich mir mit einer Freundin machen lassen, als ich achtzehn war. Wir sind in einen Tattooladen gegangen und haben uns jeder gleichzeitig einen Schmetterling tätowieren lassen. Ich hab mir diesen und sie hat sich einen von einer anderen Sorte auf die Schulter machen lassen.

COWGIRL Und diese hier?

BOXER Die hier habe ich mir mit demselben Mädchen machen lassen. Es ist das S von Soledad und das E von Esteban. Wir sind in den Laden gegangen und haben uns gegenseitig angestachelt: Wetten, dass du dich nicht traust, dir meinen Anfangsbuchstaben tätowieren zu lassen, und so weiter und so fort ... Dann haben wir uns zerstritten, und sie machte sich eine andere Tätowierung drüber, aber ich hatte kein Geld, um meine zu entfernen.

Das Cowgirl übermalt die Tätowierung mit einem Markierstift.

BOXER Das ist die letzte. Da war ich neunzehn. Mein Vater hatte mir Geld gegeben, damit ich mich an der Universität einschreibe, und da ich nicht wusste, was ich studieren sollte, bin ich in einen Tattooladen gegangen und hab mir diese hier machen lassen. Ein Herz mit Dornen. Hat nichts zu bedeuten.

Das Cowgirl übermalt die Tätowierung mit einem Markierstift.

COWGIRL Ich habe auch noch einen letzten Wunsch, bevor ich sterbe. Ich wünsche mir, dass ihr mir helft, einen Traum zu rekonstruieren, der sich ständig wiederholt.

Das Licht geht aus. Alle Teilnehmer – sie werden mit einer Kamera mit Night Shot gefilmt – spielen den Traum. Man sieht den Traum auf der Leinwand.

COWGIRL Ich bin zu Hause bei meinem Vater auf der Farm, und es ist sehr heiß. Mir rinnt der Schweiß die Achseln und hinter den Ohren herunter, über den Mund. Mir ist so heiß, dass ich in die Küche gehe, um mir ein Glas Wasser zu holen. Ich öffne die Kühlschranktür und sehe einen Gang. Ich gehe den Gang entlang und höre plötzlich Musik. Am Ende des Gangs stoße ich auf eine Party; es wimmelt von Leuten, alle tanzen. Und unter all den Tanzenden sehe ich meinen Vater, wie er betrunken auf den Landarbeiter einredet, der mein erster Freund war. Auch meine Mutter ist da, so wie sie war, bevor sie sich umgebracht hat. Und auf einmal taucht Rainbow auf – aber im Traum ist er kein Pferd, sondern ein Mädchen mit Pferdegesicht. Und dann kommt er, der Gaucho, und ich verstumme. An dieser Stelle verschlägt es mir jedes Mal die Sprache, und ich wache auf. Deshalb wollte ich, bevor ich sterbe, diesen Traum rekonstruieren, um ihm noch etwas zu sagen: Ich will dein Hund sein, deine kleine Schwester, deine Stuntfrau; ich will dir Liebeslieder schreiben und sie so lange spielen, bis dir die Ohren bluten; ich will dich vögeln, vor dem Einschlafen und beim Aufwachen und während du schläfst; ich will in all deinen Träumen sein und sei's als Statist; ich will dir meine Lungen, meinen Kopf, mein Herz geben, ich will immer und überall bei dir sein wie ein Gespenst.

Das Licht geht an. Die Schönheit kommt herein, verfolgt von einer Gruppe Männer, die sie durch die Luft wirbeln. Dann setzen sie sie auf ein Bänkchen, geben ihr das Mikrofon in die Hand und nötigen sie, etwas zu sagen.

DIE SCHÖNHEIT Ich bin schon immer schön bildschön wunderschön gewesen. Männer, Mütter, Spaziergänger haben mich von klein auf wie Idioten angestarrt. Alle blieben vor dem Kinderwagen und meiner Mutter stehen, um über meine Schönheit zu reden. Schönheit war das erste Wort, das ich gelernt habe, und bevor ich verstand, dass Schönheit ein Begriff ist, dachte ich, es sei mein Name. Ich dachte: *Hey!, ich heiße Schönheit.* Mit der Zeit wurde es immer unerträglicher, schön zu sein. Es verdammte mich zu allen möglichen Zärtlichkeitsbekundungen, wie über den Kopf streicheln, in die Wangen kneifen, an den Haaren zupfen, von irgendwelchen Tanten, Müttern, unbekannten Leuten oder sonst wem, der glaubt, dass ein Kinderkörper keinen Respekt verdient.

Später wurde es noch schlimmer. Am ersten Schultag verliebten sich alle Jungs in mich, und alle Mädchen hassten mich seit diesem Tag. Die Schönheit errichtete eine Barriere zwischen mir und der Welt, und ich blieb allein mit meiner Schönheit. Die Jungs redeten nicht mit mir, weil sie in mich verliebt waren, und die Mädchen redeten nicht mit mir, weil die Jungs mich liebten. Aber es war nicht immer so. Ich erinnere mich noch an die Nacht, in der ich mit meiner Schönheit auf dem Buckel und bekifft auf die Straße hinauslief. In einer dunklen Gasse begegnete ich einem Mädchen mit Motorradhelm, das mich fragte, ob ich mit ihr ficken will. Alles war dunkel, so dunkel, dass sie mein Gesicht nicht sehen konnte und ich ihres auch nicht. Und sie sagte *ficken*; sie benutzte dieses Wort, das bis dahin nie jemand zu mir gesagt hatte. Und dann sind wir auf einem Motorrad zu ihr nach Hause gefahren und haben gefickt, ohne Licht zu machen. Am nächsten Morgen wäre ich fast gestorben vor Angst und wollte weinen, aber ich weinte nicht. Ich drehte mich um und sah ihr mitten ins Gesicht. Sie war schön, aber sie hatte eine Narbe in Form eines J, die quer über ihr ganzes Gesicht lief, von den Ohren bis zur Stirn, und ihr dabei die Oberlippe in der Mitte durchteilte. Sie hatte sich die Narbe selbst beigebracht, weil sie es leid geworden war, schön zu sein. Sie sagte mir, dass sie Julieta heißt, und ich dachte: Sie ist meine Doppelgängerin, ich liebe sie, sie ist meine Doppelgängerin, Julieta ist der Name der Liebe.

Danach habe ich sie nie wieder gesehen; ich habe jeden Winkel nach ihr abgesucht, aber ich habe sie nicht mehr gesehen. Jedes Mal, wenn ich ein Mädchen auf einem Motorrad sah, dachte ich, das ist sie, rannte auf sie zu und rief: Julieta!, aber sie war es nicht, und jedes Mal glaubten die Leute, ich sei verrückt. Und so habe ich mich immer mehr in mich selbst verkrochen wie in eine Streichholzschachtel und denke, LIEBE IST EIN MOTORRAD, und nehme Drogen und schau mir Kriege im Fernsehen an, falte Schwäne aus Papierservietten, verstaue Fotos in Schuhschachteln, gehe auf die Straße mit einer Tüte über dem Kopf ...

Der Boxer nimmt ein Seil und stellt sich vor das Cowgirl hin.

BOXER Wie viele?

COWGIRL Siebzig

Der Boxer macht schnelle und heftige Seilsprünge. Man hört ein Schlagzeug. Dann hört er auf und geht ans Mikrofon; alle anderen gehen zum Tisch und beschriften Schilder.

BOXER Ich bin ein ganz normaler Mensch. Ich war nie sehr schön noch sehr intelligent, noch sehr groß, noch sehr dick, noch ein Albino oder sommersprossig, niedlich, verkrüppelt oder besonders temperamentvoll. Ich war immer ein sogenannter *ganz normaler Mensch*. Wenn jemand wissen wollte, wie ich bin, bekam er zur Antwort: Ich weiß nicht ... normal. Wenn derjenige dann nicht locker ließ und nach einem besonderen Merkmal fragte, sagte der andere: Braune Haare, braune Augen, er sieht so ein bisschen aus wie jedermann.

In der Schule war ich weder gut noch schlecht, Freunde hatte ich weder viele noch wenige. Ich war immer der, der auf dem Klassenfoto in der Mitte links erscheint und an dessen Namen sich keiner erinnert. Bis ich mich eines Tages in die blonden Zwillinge verliebte. Die beiden waren vollkommen blond, identisch, aber mit völlig unterschiedlichem Charakter. Die eine war melancholisch und still, die andere extrovertiert und temperamentvoll. Jede auf ihre Weise bezaubernd.

Das rothaarige Mädchen kommt mit einem Schild nach vorne, auf dem steht: ICH BIN MELANCHOLISCH UND STILL

Das Cowgirl kommt mit einem Schild nach vorne, auf dem steht: ICH BIN EXTROVERTIERT UND TEMPERAMENTVOLL.

BOXER Sie arbeiteten in der Bäckerei gegenüber, und samstagabends gingen sie zum Boxkampf. Nie habe ich erfahren, was sie am Boxen so begeisterte, aber sie lachten und weinten am Ring wie bei einer Telenovela. Beide so blond, eine neben der anderen. Ich war mit der Schule fertig und wusste nicht, was ich studieren sollte. So begann ich zu boxen, und es stellte sich heraus, dass ich ein außergewöhnlicher Boxer war. Für meinen Trainer war es ein Rätsel, wie ich alle durch Knockout besiegen konnte, ohne jemals trainiert zu haben. Ich glaube, es war die Kraft der Liebe, die mich dazu brachte, Kiefer, Zähne und Nasen einzuschlagen. Jemand hat einmal zu mir gesagt: DIE LIEBE IST EIN BOXKAMPF IN ZEITLUPE.

Don Juan kommt mit einem Schild nach vorne, auf dem steht: DIE LIEBE IST EIN BOXKAMPF IN ZEITLUPE.

BOXER Aber vielleicht war es nicht die Liebe, sondern der Hass, der mich zum Kämpfen anspornte, dass ich nie auch nur irgendjemandem irgendetwas bedeutet hatte. Und auf einmal feierte mich das Publikum, verliebten sich die Zwillinge in mich, und niemand verwechselte mehr mein Gesicht mit einem anderen.

So liebte ich eine Zeit lang die eine hinter dem Rücken der anderen, bis es beide merkten, die Bäckerei zumachten und in ein anderes Land zogen. Wohin, weiß ich nicht, sie haben niemandem ihre Adresse hinterlassen. Eine Zeit lang war ich ein bisschen traurig, aber dann habe ich mich wieder verliebt, immer in zwei gleichzeitig.

Der Schüchterne kommt nach vorne mit einem Schild, auf dem steht: EINE ZEIT LANG WAR ICH TRAURIG, ABER DANN HABE ICH MICH WIEDER VERLIEBT.

ER Nicht gerade Schwestern oder Freundinnen oder Nachbarinnen, aber immer waren es zwei, zwischen denen ich mich einfach nicht entscheiden konnte. Es war auch nicht der typische Fall von Mann, Frau und Geliebter, denn ich liebte beide genauso, aber aus unterschiedlichen Gründen, wobei entweder beide meine Freundinnen sein konnten oder zwei Exfreundinnen, eine Freundin und eine Exfreundin oder eine Freundin und eine Geliebte, aber mein Herz war immer gespalten. Ich frage mich, warum man nicht zwei Herzen haben kann. Warum kann man nicht zwei Herzen haben?

Die Stripperin kommt nach vorne mit einem Schild, auf dem steht:
WHY CAN'T WE HAVE TWO HEARTS?

BOXER Warum?
STRIPPERIN My last wish before dying is knock out him.
BOXER Was hat sie gesagt?
ROTHAARIGES MÄDCHEN Sie sagt, ihr letzter Wunsch, bevor sie stirbt, ist, dich k.o. zu schlagen.

Der Boxer reicht der Stripperin die Handschuhe. Der Kampf beginnt. Die anderen stehen drumherum; das rothaarige Mädchen ist der Schiedsrichter. Drei Runden lang schlägt die Stripperin auf den Boxer ein, bis sie ihn durch K.o. besiegt.
Der Boxer bleibt auf dem Boden liegen, und die Stripperin, das Cowgirl, die Schönheit, das rothaarige Mädchen tanzen und singen ein Lied.

Mein Herz ist eine Bombe
Doch explodieren wird es nicht
Auch wenn du mich verlässt
Oder nicht mehr liebst

An dir werd ich nicht sterben
Denn ich bin die Heldin im Kampf gegen das Böse
Ich bin nicht traurig, hab keine Angst, will nicht um
   Verzeihung bitten
Wenn die Liebe ein Boxkampf ist, will ich mit dir
   kämpfen
Ich werde dich k. o. schlagen
Und dann tanz ich, bis ich blute.

Während die Mädchen tanzen, kommt Don Juan herein und beginnt zu sprechen. Während er spricht, tanzen das rothaarige Mädchen und das Cowgirl weiter, der Boxer und die Stripperin kämpfen mit ihren Boxhandschuhen, die Schönheit und der Schüchterne lachen und bestreuen den Don Juan mit Puder. Niemand, absolut niemand hört dem Don Juan zu.

DON JUAN Ich bin Schauspieler. Jeder, der mir in die Augen schaut, merkt, dass ich Schauspieler bin. Die Augen der Schauspieler sind Glasaugen. Vor lauter In-die-Augen-Schauen, vor lauter Schauen-Spielen werden die Schauspieler blind. Ich bin ein alter blinder Schauspieler.

Seit meiner Geburt bin ich Schauspieler. Mein ganzes Leben ist ein Fotoalbum, in dem sich die Bilder von meinem Leben mit denen aus meinen Stücken mischen. Ich habe mich verliebt, habe geheiratet, gemordet, verraten, unzählige Kinder gezeugt, meine Kinder aufgefressen. Ich war Soldat, Kaiser, Bettler, Rockstar, habe das alte Griechenland und das Ende der Welt miterlebt. Mein krankhaftes Gedächtnis mischt dauernd die Fotos wie einen Stoß Karten.

Von allen Figuren, die ich gespielt habe, ist mir der Don Juan die liebste. Ich habe dreimal den Don Juan gespielt: als Junge in

einer Schulaufführung, als reifer Schauspieler in einer Staatstheateraufführung und jetzt als Alter im freien Theater. Der Don Juan lebt in mir oder ich in ihm. Manchmal denke ich, er ist das Gespenst, das mir nachts in die Ohren flüstert.
Jeder Schauspieler ist ein Don Juan; er liebt alle und keinen. Manchmal denke ich, LIEBE IST SCHAUSPIELEREI. Man spürt sie, aber vor allem spielt man sie. Wir kennen alle die Komödie der Liebe: nicht schlafen, nicht essen, grundlos und jederzeit losheulen, nackt über Autobahnen rennen, schreien, bis das Zahnfleisch blutet, Briefe und Kleidung, alles verbrennen, stundenlang reglos im Bett liegen, von Liebe berauscht.
Vor lauter Spielen kann ich keine Liebe mehr empfinden. Wenn ich eine Frau, die mir gefällt, auf der Bühne küsse, frage ich mich: Bin ich in diese Person verliebt? Wenn ich neben der Frau oder dem Mann, mit dem ich die Nacht verbracht habe, aufwache und zusehe, wie er sich langsam wie ein Fallschirm ankleidet, frage ich mich: Bin ich verliebt? Wenn ich Jugendliche in einer Disco tanzen sehe – ist es Verlangen, das mir die Kehle zuschnürt?
Ich bin ein Don Juan, der von Liebe betäubt ist. Weil ich so oft die Liebe gespielt habe, verlässt sie mich jetzt. Mein Herz ist ein künstliches Herz, ein Roboterherz. Ich empfinde nichts. Ich bin bereit zu sterben, denn ich probe schon die Rolle der Leiche.
Und jetzt möchte ich die Gelegenheit nutzen, um euch mein Lieblingsfragment aus dem *Don Juan* vorzulesen. Mal sehen, ob ich es finde ... Hier ist die Seite.

Don Juan beginnt zu lesen. Die Teilnehmer, die ihn schon satthaben, stürzen sich auf ihn, stopfen ihm den Mund mit Papier und fesseln ihn auf die Tischplatte.

DON JUAN Ich habe einen Wunsch, bevor ich sterbe. Ich wünsche mir, dass ihr um mich weint, wirklich weint. Seit Jahren versuche ich zu weinen, aber ich kann nicht. Ich bin ausgetrocknet.

Man hört Musik. Alle weinen vorne auf der Bühne. Dann singen das Cowgirl und der Schüchterne ein Lied.

Verlieben werd ich mich nie mehr aha aha aha
Denn letztes Mal hatt ich nur Pech aha aha aha
Ich bin jung und labil
Muss ständig weinen
Hab Angst zu sterben
Aber ich werd nicht auf dich warten
Ich gab dir mein Herz
Und du hast es geschluckt
Jetzt ist es mir gleich
Denn jetzt liebe ich niemanden mehr
Die Liebe ist ein tödlicher Unfall aha aha aha
Und ich kann gar nicht mehr sterben aha aha aha
Verlieben werd ich mich nie mehr aha aha aha

Das rothaarige Mädchen geht nach hinten.

ROTHAARIGES MÄDCHEN Warum bringen sich Menschen um?

Niemand hört sie, weshalb sie das Cowgirl um das Mikrofon bittet.

ROTHAARIGES MÄDCHEN Warum bringen sich Menschen um?
DIE SCHÖNHEIT Um das Wort Zukunft auszulöschen.
ROTHAARIGES MÄDCHEN Nein.
COWGIRL Um der Schlaflosigkeit ein Ende zu machen, um schlafen zu können.
ROTHAARIGES MÄDCHEN Nein.

STRIPPERIN To forget.
ROTHAARIGES MÄDCHEN Nein.
DER SCHÜCHTERNE Weil es das Einzige ist, das man im Leben wirklich wählen kann.
ROTHAARIGES MÄDCHEN Gut.
Welcher Zusammenhang besteht zwischen dem Zufall und dem Tod?
BOXER Es gibt keinen Zufall. Wir wissen alle ganz genau, wann wir sterben werden. Es ist in die Augenlider eintätowiert, und wir sehen es jedes Mal, wenn wir die Augen schließen.
ROTHAARIGES MÄDCHEN Gut.
Welcher Zusammenhang besteht zwischen dem Zufall und der Liebe?
DON JUAN Die Liebe ist zu fünfzig Prozent Zufall.
ROTHAARIGES MÄDCHEN Nein.
DER SCHÜCHTERNE Die Liebe ist ein Würfelspiel.
ROTHAARIGES MÄDCHEN Nein.
DIE SCHÖNHEIT Verliebte sind wie Spielsüchtige; sie können nicht aufhören, bis sie nicht alles verloren haben, und selbst dann spielen sie noch weiter.
ROTHAARIGES MÄDCHEN Gut.
Womit kann man ein Herz vergleichen? Mit einer Uhr, einer Bombe oder einem Revolver?
DON JUAN Einer Uhr.
ROTHAARIGES MÄDCHEN Nein.
STRIPPERIN A bomb.
ROTHAARIGES MÄDCHEN Nein.
COWGIRL Einem Revolver.
ROTHAARIGES MÄDCHEN Gut.
Wie lange braucht ein gebrochenes Herz, bis es heilt?

DER SCHÜCHTERNE Sieben Tage.
ROTHAARIGES MÄDCHEN Nein.
DON JUAN Zwanzig Minuten.
ROTHAARIGES MÄDCHEN Nein.
STRIPPERIN All your life.
ROTHAARIGES MÄDCHEN Nein.
COWGIRL Zwei Jahre, sieben Monate und siebzehn Tage.
ROTHAARIGES MÄDCHEN Gut.
   Letzte Frage. Welches Gefühl ist das mächtigste?
DER SCHÜCHTERNE Die Scham.
ROTHAARIGES MÄDCHEN Nein.
DIE SCHÖNHEIT Die Liebe.
ROTHAARIGES MÄDCHEN Nein.
DON JUAN Das Verlangen.
ROTHAARIGES MÄDCHEN Nein.
STRIPPERIN Sadness.
ROTHAARIGES MÄDCHEN Nein.
COWGIRL Die Wut.
ROTHAARIGES MÄDCHEN Nein.
DER BOXER Der Ehrgeiz.
ROTHAARIGES MÄDCHEN Nein.
COWGIRL Die Melancholie.
ROTHAARIGES MÄDCHEN Nein.
DER BOXER Der Hass.
ROTHAARIGES MÄDCHEN Nein.
DER BOXER Das Ressentiment.
ROTHAARIGES MÄDCHEN Nein.
DER SCHÜCHTERNE Die Verzweiflung.
ROTHAARIGES MÄDCHEN Nein.
STRIPPERIN Stupidity.

ROTHAARIGES MÄDCHEN Nein.
DER SCHÜCHTERNE Die Einsamkeit.
ROTHAARIGES MÄDCHEN Nein.
DIE SCHÖNHEIT Die Euphorie.
ROTHAARIGES MÄDCHEN Nein.
STRIPPERIN Happiness
ROTHAARIGES MÄDCHEN Nein.
Nein. Nein. Die Angst. Vielen Dank.

Das rothaarige Mädchen öffnet den Tresor und holt einen Apfel heraus.

ROTHAARIGES MÄDCHEN *zur Schönheit* Du musst dir auch etwas wünschen, bevor du stirbst.

Die Schönheit nimmt die Tüte vom Kopf, um den Apfel zu essen; dann dreht sie sich um und zeigt ihr wunderschönes Gesicht. Das rothaarige Mädchen zieht sich die Tüte über den Kopf, die die Schönheit liegen gelassen hat.

DIE SCHÖNHEIT Ich habe einen Wunsch, bevor ich sterbe. Ich wünsche mir, dass ihr mir ins Gesicht schlagt.

Alle bilden eine lange Schlange vor der Schönheit.

DER SCHÜCHTERNE Bist du sicher?
DIE SCHÖNHEIT Ja.

Der Schüchterne gibt ihr eine Ohrfeige.

DIE SCHÖNHEIT Stärker.

Der Schüchterne gibt ihr eine Ohrfeige.

DIE SCHÖNHEIT Noch etwas stärker.

Der Schüchterne schlägt ihr noch einmal ins Gesicht. Auch alle anderen (außer Don Juan) geben ihr eine Ohrfeige und gehen ab. Das rothaarige Mädchen holt den Revolver aus dem Tresor und reicht ihn der Schönheit, die mit ihm hinausgeht.

Am Ende bleiben nur noch der auf dem Tisch gefesselte Don Juan und das rothaarige Mädchen mit der Tüte über dem Kopf auf der Bühne.

DON JUAN Weißt du, warum das Spiel russisches Roulette heißt? Weil es die gefangenen russischen Soldaten spielten, die lieber sterben als den Krieg verlieren wollten.
ROTHAARIGES MÄDCHEN Die Liebe ist auch ein Krieg; niemand will verlieren.
DON JUAN Binde mich los. Ich will mit den anderen gehen.
ROTHAARIGES MÄDCHEN Nein, du hast schon verloren. Hast du schon mal einen alten Mann mit einem Revolver an der Schläfe gesehen?
DON JUAN Nein.
ROTHAARIGES MÄDCHEN Die Alten bringen sich nicht um. Hast du schon mal daran gedacht, wie du sterben wirst? Hast du nie gedacht: *Ich werde bei einem Autounfall sterben oder von einem Wolkenkratzer springen, oder mich anzünden, oder im Schlaf sterben?*
DON JUAN Seit meinem fünfzehnten Lebensjahr versuche ich schon, mich umzubringen, aber ich schaffe es einfach nicht.
ROTHAARIGES MÄDCHEN Ich glaube, ich werde an Krebs sterben...
DON JUAN Wir werden alle an Krebs sterben.
ROTHAARIGES MÄDCHEN Ich glaube, ich werde an Lungenkrebs sterben; manchmal stelle ich mir sogar meine Lungen wie zwei rosa Flügel voller Löcher vor.

Auf der Leinwand sind alle Spieler mit dem Revolver zu sehen.

ROTHAARIGES MÄDCHEN Seid ihr so weit?

Das rothaarige Mädchen würfelt. Dann verkündet es die Zahl, die der Würfel zeigt. Der Spieler, dessen Zahl gewürfelt wird, setzt den Revolver an seine Schläfe und drückt ab; aber es löst sich kein Schuss.

Das rothaarige Mädchen würfelt noch einmal und sagt die Zahl, die der Würfel zeigt. Der Spieler mit der gewürfelten Zahl zielt mit dem Revolver auf seinen Kopf. Der Spieler stirbt.

ENDE

CODA

MUSIK FÜR TIERE

PERSONEN

Lena (Mädchen, 11 Jahre) und J (Ratte, 2 Jahre)
Lisa (Frau, 35 Jahre) und Tod (Hund, 4 Jahre)
Dora (alte Frau, 70 Jahre) und IT (Papagei, 6 Jahre)

LENA: Als uns meine Mutter verlassen hat, schenkte mir mein Vater eine neugeborene Ratte.
　Ich gab ihr den Namen Josefina, aber ich nenne sie J; lange Namen mag ich nicht. J kommt überallhin mit: in die Schule, in den Park, ins Kino. Unterwegs sitzt sie immer in der Jackentasche, damit niemand sie sieht.
　Früher führte ich sie an einer Leine, aber alle lachten mich aus. In der Schule haben die Jungen einmal J geschnappt und sie ins Männerklo geworfen. Ich hab sie aus dem Wasser gezogen und mit einem Fön getrocknet. Seit damals lasse ich niemanden an sie ran.

LISA: Tod habe ich am Tag meiner Ankunft in Europa auf einem Parkplatz ausgesetzt gefunden. Er lief wie bekifft zwischen den Autos und Motorrädern herum und hatte ein verwundetes Bein, als ob man ihn überfahren hätte. Ich bin zu ihm hin und habe so was wie *hallo Hund* gesagt, und als ich ihn anfassen wollte, hat er mich angesprungen und ins Bein gebissen. Einmal, zweimal, ich weiß nicht mehr, wie oft, weil ich ohnmächtig wurde.
　Als ich die Augen öffnete, leckte mir eine raue rosa Zunge das Gesicht: Tod versuchte mich gerade wieder zum Leben zu erwecken. Dann kamen ein Krankenwagen und zwei Männer in Weiß

mit Schnurrbärten, die mich auf eine Trage hievten. Während wir ins Krankenhaus fuhren, sah ich Tod durch das kleine Fenster neben dem Krankenwagen herlaufen.

Im Krankenhaus nähten sie mir das Bein mit einem Faden und verabreichten mir Schlafmittel. Die zwei Tage, die ich im Krankenhaus verbrachte, wartete Tod auf mich vor der Tür, wie wenn er mein Bodyguard wäre.

Als ich aus dem Krankenhaus entlassen wurde, folgte er mir auf Schritt und Tritt. Da habe ich ihm einen Schuh auf die Schnauze geworfen und gerufen »Hau ab, Hund!«, aber er trottete weiter hinter mir her, mit einem Blick wie ein armes Waisenkind. Als wir an meiner Haustür angekommen waren, hatte ich das Gefühl, jetzt stirbt er gleich, und gab ihm die Reste eines alten Brötchens, das auf meinem Nachttisch lag. Während ich ihm beim Fressen zuschaute, dachte ich: Man könnte meinen, der Tod wollte mich holen und hat es wieder bereut. Und deshalb habe ihm diesen Namen gegeben.

DORA: Als mir der Arzt sagte, dass ich allmählich das Gedächtnis verliere, bin ich in die Tierhandlung gegangen und habe mir einen Papagei gekauft, denn ich dachte mir, wenn ich ihm all die Dinge, die mir am wichtigsten sind, beibringe, dann kann sie der Papagei wiederholen, wenn ich sie vergessen habe.

LENA: J ist auf mich angewiesen und ich auf sie. Manchmal will sie durch die ganze Wohnung rasen, und dann wieder ist sie melancholisch, verkriecht sich in meinen Schuhen und will stundenlang niemanden sehen. Wenn ich traurig bin, schlüpft sie mir unter die Kleider, um mich zum Lachen zu bringen. Wenn sie traurig ist, gebe ich ihr eine Banane zu fressen.

Lena zieht eine Banane aus der Tasche und teilt sie zwischen sich und J. Beide essen.
Ich esse auch gern Bananen.

DORA: Ich weiß nicht mehr genau, wann das mit dem Gedächtnisschwund anfing, aber der Arzt hat mir erzählt, dass man mich eines Tages auf der Straße verirrt gefunden hat. Offenbar lief ich denselben Häuserblock auf und ab und fragte nach einer Straße, die es nicht gibt. Sie haben mich dann in ein Krankenhaus gebracht und nach dem Namen eines Familienangehörigen gefragt, der mich abholen könnte, aber da ich mich an niemanden erinnern konnte, brachten sie mich in die Residenz.

Ich weiß aber, dass ich eine Tochter habe. Ein sehr impulsives Mädchen. Sie konnte als Kind nie schlafen und schrie immer so lange, bis ich mich zu ihr ins Bett legte. Später hat sie sich mit mir zerstritten und wollte mich nicht mehr sehen. Sie besucht mich nie hier in der Residenz. Vielleicht weiß sie gar nicht, wo ich bin.

Ich lebe gern in der Residenz, denn hier sind alle alt, und man braucht sich weder zu verstecken noch zu entschuldigen, weil der Körper nicht mehr funktioniert. Draußen stören die Alten bloß: an den Kassen der Supermärkte hassen sie uns, weil wir die ganz unten im Geldbeutel versteckten Münzen nicht finden, auf der Straße, weil wir uns in Zeitlupe bewegen, in den Cafés ekeln sie sich vor uns, weil wir beim Trinken oder beim Essen mit dem künstlichen Gebiss Geräusche machen, in den Kinos, weil wir wie die Tiere riechen. Hier in der Residenz dagegen sind wir alle alt, alle gleich, alle in Zeitlupe, außer dem Papagei, der die ganze Zeit herumflattert und schwatzt.

Die Lieblingswörter des Papageis sind: nein, Vater, Geld, Nachttisch, Revolver, Schnecke, Toilette, Rasierapparat, Europa ...

Der Papagei wiederholt die Wörter.

LISA: Als ich in Europa ankam, kannte ich niemanden. Ich hatte einen kleinen Koffer dabei mit drei Pullovern, einer Zahnbürste, sechs T-Shirts, zwei Hosen, sieben Unterhosen, zwei Büchern, sechs Paar Strümpfen, fünfhundert Euro, die ich ein Jahr lang angespart hatte, und einem Tagebuch. Tod wurde zum Allerwichtigsten für mich.

LENA: Meine Mutter hätte mir niemals erlaubt, zu Hause ein Tier zu halten. Sie sagte immer: »Nichts hasse ich mehr als die Melancholie der Haustiere.« Aber jetzt sind J und ich unzertrennlich. Wir lesen zusammen, reisen zusammen, essen zusammen. Und wir spielen auch Theater. Manchmal sind es Liebesgeschichten, und wir küssen uns auf den Mund, oder es sind Schlachten mit Äpfeln als Bomben oder fantastische Geschichten, bei denen jede Menge T-Shirts durch die Luft fliegen. Meinem Vater gefallen unsere Theaterstücke sehr. Einmal pro Woche führen wir die Stücke nach dem Essen auf, und er zahlt uns zwei oder fünf Peso dafür.

J ist eine große Schauspielerin, sie kann eine Prinzessin spielen.

J spielt eine Prinzessin.

Sie kann einen Philosophen spielen.

J spielt einen Philosophen.

Sie kann das Pferd eines Kriegers spielen.

J spielt das Pferd eines Kriegers.

Sie kann eine Tote spielen.

J spielt eine Tote.

Sie kann Gott spielen.

J spielt Gott.

Sie kann mich spielen.

J spielt Lena.

DORA: Mich kann weder das Theater noch das Kino begeistern, weil da irgendwelche Personen andere Personen spielen. Aber Literatur gefällt mir, weil da alles bei mir im Kopf abläuft. Unter den Büchern, die sie aus meiner Wohnung in die Residenz gebracht haben, fand ich Englischbücher. Als Kind konnte ich Englisch, und meine Zimmergefährtin sagte mir, dass ich manchmal, wenn ich träume, Englisch rede, aber beim Aufwachen kann ich mich an nichts erinnern. Jetzt habe ich beschlossen, mit den Büchern wieder zu lernen, aber da ich nie so recht weiß, wo ich stehengeblieben bin, fange ich immer wieder bei der ersten Lektion an.

MY NAME IS DORA.
I'M FROM ARGENTINA. COWS, GAUCHOS, GUNS, MELANCHOLIC PEOPLE.

Repeat.

Der Papagei wiederholt ein paar Wörter.

WHERE ARE YOU FROM? DO YOU BELIEVE IN GOD? WHERE IS THE BUS STATION? ARE YOU AFFRAID OF DYING? ARE YOU AFFRAID OF YOURSELF? WHERE IS THE TOILETT? DO YOU TRUST ME? DO YOU LOVE ME? CHICKEN OR MEAT?

Repeat.

Der Papagei schaut mit versteinerter Miene zu.

    THANK YOU.
    I LOVE YOU.

Der Papagei wiederholt.

    ME YOU SHE HE IT YOU WE THEY
    You are IT. Do you understand?

Der Papagei schaut zu.

    I AM A WOMAN.
    YOU ARE AN ANIMAL.
    IT IS A PARROT.

Der Papagei wiederholt.

LISA: Als ich nach Europa kam, konnte ich kein Wort Englisch, und am Anfang war es sehr schwer, Arbeit zu finden. Mein erster Job war ein Schild hochhalten. Acht Stunden täglich im touristischen Stadtzentrum herumstehen mit einem Schild auf dem stand: »RESTAURANT MY HOME: MENU 10 euros«. Tod schlief auf einer Decke neben mir oder drehte Runden; oder er verschwand für eine Weile und kam dann mit einem Knochen oder einem Spielzeug, das er einem Kind stibitzt hatte, wieder zurück.

Ich war nicht die Einzige, die sich als lebendiges Aushängeschild im Zentrum verdingte; da war zum Beispiel ein Schwarzer mit einem Schild von GUESS, ein Dicker mit FOTOS FUJI oder ein alter Chinese mit einem grünen Schild, auf dem GOLF SALE stand. Wir redeten nie miteinander, außer, wenn ich einen von ihnen darum bat, mir das Schild vom Restaurant zu halten, um mal im McDonalds aufs Klo zu gehen. Mir gefiel dieser Job, weil ich nichts tun musste – nur eine Stange halten und meinen Gedanken nachgehen. Kinder, Männer im Anzug, elegant gekleidete Frauen liefen an mir im Zeitraffer vorüber, und ich bewahrte ihre Gesichter in meinem Kopf auf wie in einem Fotoalbum.

Im Winter hatten Tod und ich dann genug vom Herumstehen und suchten uns einen anderen Job, und zwar Pizzas austragen. Ich raste, meinen Motorradhelm auf dem Kopf, mit voller Geschwindigkeit durch den Wind, und Tod rannte mit hängender Zunge hinter mir her. Aber da ich nicht richtig fahren kann, rammte ich ständig irgendwelche Bäume oder fiel vom Motorrad, und die Pizza kam als einziger großer Käsekloß an. Nach mehreren blutigen Knien, aufgeschürften Händen und blauen Flecken am Hinterteil fragte mich der Pizzeriabesitzer, ob ich nicht drinnen arbeiten wolle. Aber ich sagte ihm, nein danke, ich würde lieber mit meinem Hund auf der Straße arbeiten.

LENA: Mein Vater verkauft Fahrscheine am U-Bahn-Schalter. Manchmal besuche ich ihn in der U-Bahn, aber wir können fast nie miteinander reden, weil immer eine Schlange Leute vor ihm steht, die ihren Fahrschein kaufen wollen. Manchmal stelle ich mich auch an, um Hallo zu sagen, aber es muss schnell gehen, sonst werden die Leute ärgerlich, und wenn ich mehr sagen will, muss ich mich wieder hinten anstellen. Wenn ich es satthabe, Schlange zu stehen, schaue ich ihm zu, wie er sagt: Neunzig Cent, haben Sie's klein? Hier ist Ihr Wechselgeld. Mein Vater ist ein Roboter, wenn er am Schalter sitzt. Er lacht nicht, ärgert sich nicht, gar nichts.

LISA: Mit einem Hund einen Job zu finden, ist nicht einfach. Eines Tages sahen wir auf einem unserer Streifzüge einen dürren

Mann um die fünfzig, der Lieder von Velvet Underground in der U-Bahn sang.

Tod und ich sind dann mehrere Stunden, wie hypnotisiert von dem alten Cowboy, stehengeblieben. Er hatte eine ganz raue Stimme vom vielen Rauchen, oder weil er so viel Wind schluckte, und seine Art zu singen hatte etwas Besonderes an sich, als ob er für sich selber singen würde. Alle, die ihm zuschauten, gaben ihm am Ende eine Münze.

Ich hatte nur mal als Teenager Gitarre gespielt, aber ich erinnerte mich noch an ein paar Akkorde und dachte: Ich kann doch auch singen. Also sind wir zu dem Alten hingegangen, und ich habe ihm gesagt, ich würde ihm dreißig Euro geben, wenn er mir dreißig Lieder beibringen und mir helfen würde, eine Gitarre zu besorgen. Der alte Bob wollte erst das Geld sehen, und dann akzeptierte er und setzte ein mit diversen Löchern gespicktes Lächeln auf.

Beim Musikunterricht gab es ständig Streit. Bob legte meine Hände auf die Akkorde und brüllte: »So, genau, nein, nicht, Idiot, langsamer, so wird das nie was.« Bobs Unterrichtsmethode war immer dieselbe: Wir tranken eine Kiste Bier, und dann spielten wir richtig gut.

Damals hat Tod auch gelernt, zu meinen Liedern den Chor zu singen. Das erste Lied, das wir gelernt haben, war »Vicious« von Lou Reed.

Lisa und Tod singen »Vicious« von Lou Reed.

LENA: Ich denke kaum noch an meine Mutter, außer wenn ich in einen Raum komme, in dem vorher jemand geraucht hat. Meine Mutter rauchte immer heimlich im Badezimmer. Ich verstehe nicht, warum sie sich versteckte, wo doch mein Vater und ich nie was dagegen hatten, dass sie rauchte. Es war ihr Geheimnis; sie rauchte im Bad und schrieb Tagebuch. Jedes Mal, wenn ich ins Bad ging, sah ich die Zigarettenstummel im Klo schwimmen oder am Wannenrand ausgedrückt herumliegen.

Ich hebe immer die Kippen auf, weil sie mich an meine Mutter erinnern.

Hier in der Hosentasche habe ich ... 1, 2, 3 ... 10 Kippen.

J und ich rauchen gern die Kippen.

Lena zündet den Zigarettenstummel an und bläst Rauch auf J.

LISA: Ich rauche, wenn mir jemand eine Zigarette schenkt. Die Männer bieten mir manchmal Zigaretten an, um sich mit mir zu unterhalten. Aber ich bin nicht auf der Suche nach einem Freund, einem Mann oder einem Vater für meine Kinder. Das hatte ich alles schon mal.

Seit ich in Europa bin, hat mich nur ein Junge interessiert. Ich habe ihn in einer Nacht kennengelernt, in der ich ein bisschen betrunken in der U-Bahn-Station gesungen habe. Es kam fast niemand mehr vorbei, aber ich sang einfach weiter. Für die Straßenmusiker ist Singen wie eine Droge. Wenn man stundenlang gesungen hat, ist es manchmal sehr schwer, wieder aufzuhören; als ob man zu einem Plattenspieler geworden wäre, der sich von selbst dreht.

Und während ich da noch sang, kam ein Junge mit einer schwarzen Kapuze vorbei. Er war achtzehn oder zwanzig und sah mich durch die Kapuze mit zwei messerblauen Augen an. Eine Stunde lang stand er unbeweglich vor mir wie ein von der Musik hypnotisierter Roboter.

Und Tod, der sich nie für jemanden interessiert, lief zu ihm hin, und der Junge streichelte ihn mit einer so weißen und zarten Hand, dass sich Tod zu seinen Füßen legte. Als ich aufgehört hatte zu singen und gerade die Gitarre einpacken wollte, kam der Junge auf mich zu. Er setzte ein Lächeln auf mit seinen weißen Zähnen und streckte mir seine Hand mit einem Zwanzig-Euro-Schein entgegen.

Ich nahm den Schein mit den Fingern, und er nahm meine Hand. Danach ging alles ganz schnell, wie in einem seltsamen Traum. Er drückte mich gegen die Wand, zog mir mit einem einzigen Handgriff die Hose herunter, und bevor ich überhaupt begreifen konnte, was hier vor sich ging, fickten wir schon im Gang der U-Bahn.

Währenddessen hatte Tod sich ein paar Meter entfernt, wie ein Wächter, bereit, jeden zu beißen, der sich trauen sollte, hier vorbeizukommen.

Als wir fertig waren mit Ficken, gab er mir einen Kuss und ging. Ich zog mir die Hose hoch, schnappte die Gitarre und die Münzen und machte mich mit Tod auf den Weg. Als ich aus der U-Bahn herauskam, war der Junge mit der Kapuze verschwunden, und der Wind schlug mir so heftig entgegen, dass es sich anfühlte, als ob er mir das Gesicht ausradieren wollte.

Danach habe ich ihn noch ein paar Mal gesehen. Er erschien immer nachts, wenn ich in der U-Bahn spielte, mit einem Zwanzig- oder einem Fünfzig-Euro-Schein. Die Szene war immer dieselbe: Er kam auf mich zu, gab mir den Schein, und wir fickten im Stehen gegen irgendeine Wand gelehnt. Ich steckte den Geldschein wortlos in die Hosentasche; aber ich hätte es auch gemacht, wenn er mir kein Geld gegeben hätte.

DORA: Mein Mann ist an einer Krankheit gestorben, Lungenkrebs oder so etwas Ähnliches. Vor sieben, zehn Jahren oder etwas mehr, ich weiß es nicht. Ich kann mich nicht erinnern, wie er als alter Mann aussah; die Bilder sind aus meinem Kopf verschwunden. Wenn ich an ihn denke, sehe ich ihn immer so, wie er mit zwanzig war.

Mein Mann hatte eine gewisse Ähnlichkeit mit IT: die Nase nach unten gebogen und die grünen Augen weit offen. Ich hab ihn in einem Schwimmbad kennengelernt. Jedes Mal, wenn er am Sprungbrett stand, suchte er zuerst meinen Blick, als ob er mir jeden Sprung widmen wollte. Eines Tages habe ich vor dem Schwimmbad auf ihn gewartet und so getan, als ob man mir mein Fahrrad geklaut hätte, weil ich wollte, dass er mich auf seiner Vespa nach Hause bringt. Nach dieser Fahrt wurden wir ein Pärchen und haben geheiratet.

Motorräder fand ich schon immer gut. Vor Kurzem hab ich einem Jungen, der bei uns in der Straße wohnt, das Motorrad abgekauft, aber die Krankenpfleger haben es versteckt; sie behaupteten, ich könne nicht fahren. Dabei bin ich doch immer gefahren, bin allein durch die Welt gereist. Ich bin immer sehr selbstständig gewesen, nicht wie diese Frauen, die wie schlafende Hunde sind. Als ich noch verheiratet war, hatte ich mehrere Liebhaber. Ich verliebte mich, hatte ein paar Monate lang eine heimliche Affäre, und am Ende wurde es mir langweilig. Es war wie ein Fieber, das mich plötzlich befiel, und dann liebte ich meinen Mann wieder wie eh und je.

Hier in der Residenz gibt es auch viele Liebesgeschichten. Manchmal hört man sogar, wenn es zwei alte Leute in irgendeinem Zimmer miteinander treiben. Es ist ein seltsames Geräusch, wie wenn man ganz schwere Möbel herumschiebt.

In einer meiner ersten Nächte hier klopfte es an der Tür, und als ich aufmachte, stand ein nackter alter Mann da. Ich kannte den

Alten nicht und bin erschrocken, weil er mit dem Licht auf seiner weißen Haut wie ein Gespenst aussah.

LENA: Ich habe keinen Freund. Ich hatte mal einen zwei Stunden lang, aber ich hab mich mit ihm zerstritten, weil er wollte, dass ich die Haare offen trage, aber ich trage die Haare lieber so, zu einem Pferdeschwanz gebunden.
    Mein Vater hat auch keine Freundin. Seit meine Mutter uns verlassen hat, hat er nie eine Frau nach Hause mitgebracht. Jeden Abend, wenn er von der Arbeit kommt, raucht er einen Joint und sieht fern. Er hat nie Lust auszugehen, zieht sich schlecht an und geht noch nicht mal ans Telefon. Ich habe ihm gesagt, wenn er will, geh ich mit ihm in eine Kneipe. Ich kann ein Mädchen ansprechen, das ihm gefällt, oder ihr ein auf eine Serviette geschriebenes Briefchen geben. Aber er will nichts davon hören.

DORA: Der nackte Alte ist in mein Zimmer gekommen und hat sich ohne ein Wort zu sagen in mein Bett gelegt. Und das war nicht der Einzige. Hin und wieder mache ich die Tür auf, und da steht ein anderer nackter Alter. Es ist nicht geträumt, es ist wirklich wahr. Auch wenn sie am nächsten Morgen verschwunden sind und später beim Frühstück so tun, als ob sie von nichts wüssten. Der Papagei kennt alle, die mal hier gewesen sind. Stimmt's, IT?

Der Papagei schaut vor sich hin und sagt nichts.

LENA: J hat auch keinen Freund. Neulich sind wir an der Tierhandlung vorbeigekommen und vor einem bildschönen Hamster stehen geblieben, der in einem Rädchen rannte. Ich bin hineingegangen und habe gefragt, was er kostet; aber da ich nicht genug Geld hatte, um J einen Bräutigam zu kaufen, haben wir uns damit getröstet, ihm beim Laufen hinter dem Schaufenster zuzuschauen.

LISA: Ich frage mich immer, welche Menschen einem Unbekannten auf der Straße Geld geben. Eigentlich kann ich fast immer erraten, welche Menschen mir Geld geben werden, wenn ich singe.
Im Allgemeinen geben mir die ganz Jungen und die ganz Alten Geld. Die Leute zwischen dreißig und sechzig sind zu sehr mit sich selbst beschäftigt und haben keine Zeit, mir ihre Münzen zu geben. Die Jungen gehen verliebt durch die Straßen und die Alten schlafwandlerisch, wie wenn sie sich von allem verabschieden würden. Auch die Kinder betteln ihre Eltern um Münzen an, wenn sie Tod singen hören, aber die Eltern haben meistens Angst, dass die Kinder uns zu nahe kommen.
Hier sind wir nicht so viele, die in der U-Bahn arbeiten. In meinem Land habe ich immer vier oder fünf verschiedene Nummern gesehen, wenn ich mit der U-Bahn gefahren bin: den Blinden mit der Geldbüchse, die Kinder, die dir einen Kuss und ein Heiligenbildchen mit dem gekreuzigten Jesus geben, die Indios, die Folklorelieder singen, die Teenager mit Babys, die Hello-Kitty-Stickers verkaufen.

LENA: Ich frage mich immer, wie mein Vater es schafft, den ganzen Tag in der U-Bahn-Station zu sitzen und Geld zu zählen. Wenn ich Kassiererin in einem Supermarkt, einem Geschäft oder einer Bank wäre, könnte ich nicht das Geld in der Hand halten und es dann weglegen. Wenn man Geld zählt, bekommt man Lust, sich alles Mögliche zu kaufen.

DORA: Ich frage mich immer, wie viel Geld es kostet, alle alten Menschen der Welt zu versorgen. Manchmal denke ich, die Leute werden es eines Tages leid sein, dass die Alten den Kapitalismus so viel Geld kosten, und werden losziehen und die Alten umbringen. Ich stelle mir dann ganze Gruppen vor, die die Alten mit Plastiktüten in ihren Krankenhausbetten ersticken, sie auf den Straßen vor die Autos stoßen oder ihnen Golfschläger über den Kopf ziehen.

LENA: Das Gute an den Tieren ist, dass sie sich nicht ums Geld kümmern brauchen. Trotzdem liebt J die Münzen, um Fußball damit zu spielen.

Lena gibt J eine Münze, und J spielt damit.

DORA: Ich sehe schon die Schlagzeile: GROSSES ALTENMASSAKER. Keiner wird so recht wissen, wie es angefangen hat und wo, aber sechs Monate später wird niemand über sechzig mehr am Leben sein.

Und so werden die Volkswirtschaften wieder ins Lot kommen, und die Länder werden das ganze Geld für die Renten, die Pensionen, die Krankenhäuser und die Altersheime einsparen.

LISA: Ich habe nie verstanden, wie es die Leute schaffen, Geld zu sparen. Wenn ich einen Geldschein habe, gebe ich ihn aus, dann habe ich keinen mehr und mache irgendetwas, um zu einem neuen Geldschein zu kommen, und sobald ich ihn habe, gebe ich ihn wieder aus. Ich vermute, es gibt Leute, die mit vielen Geldscheinen auf einem Konto für ihre Zukunft auf die Welt kommen. Es gibt auch Leute, die gerne arbeiten und Geld anhäufen, weil sie daran denken, dass es später zu einem neuen Kleid, einer Waschmaschine, einem Auto, einem Haus werden wird …

LENA: Ich habe 234 Peso in einer Pfefferminzbonbonschachtel angespart. Ich spare für eine Reise mit meinem Vater und J. Mein Vater braucht mal Urlaub. Er arbeitet von sechs Uhr morgens bis sechs Uhr abends unter der Erde. Nie sieht er die Sonne oder den Himmel, die Wolken oder die Vögel, die sich auf die Lichtleitungen setzen. Mein Vater sagt, dass ihn das alles nicht interessiert. Er sagt, dass er im Kopf auf Reisen geht. Im Schalterhäuschen, wo er die Fahrscheine verkauft, hat er viele Postkarten von Stränden und Bergen aufgehängt. Eine von Rio de Janeiro, eine andere von Cancún, eine von den Schweizer Alpen, wieder eine andere von einem See, wo, weiß ich nicht mehr …

LISA: Es gibt auch Leute, die sparen, weil sie Angst haben. Angst, den Arbeitsplatz zu verlieren, Angst, krank zu werden und kein Geld zu haben für die Behandlung, Angst, dass es einen Krieg oder ein Erdbeben geben könnte und wegen mangelndem Geld nicht fliehen zu können.

Es gibt auch Leute, die sparen, weil sie nicht wissen, wofür sie das Geld ausgeben sollen. Das finde ich echt unglaublich, dass jemand nicht genug Fantasie zum Geldausgeben hat, wo man mit Geld doch so viel machen kann …

DORA: Früher rief mich meine Tochter alle paar Monate an, wenn sie Geld brauchte. Sie kam mich dann besuchen mit diesen halb zerrissenen Jeans und den Haaren wie ein Nest auf dem Kopf, und wir unterhielten uns eine Stunde lang über irgendetwas. Und kurz bevor sie wieder ging, sagte sie mir: Kannst du mir ein bisschen Geld geben? Ich gab ihr was mit geschlossener Hand; sie nahm's und ging aus dem Haus, ohne einen Blick drauf zu werfen.

Aber wenn sie zornig auf mich war, sagte sie, ich solle endlich abkratzen, kratz doch ab, sagte sie zu mir. Und ich dachte, sie würde mich mit diesem Satz umbringen. Jedes Mal, wenn sie mir sagte, kratz doch ab, dachte ich, ich würde noch in derselben Nacht sterben. Aber ich glaube, am Ende sagte sie den Satz so oft, dass er mir das Leben verlängert hat.

LENA: Als ich noch bei meiner Mutter wohnte, konnte ich nie was sparen, weil sie mir das Geld aus meiner Schachtel klaute. Ich hab es dann woanders versteckt, aber sie hat es immer gefunden. Sie hat auch meine Schulfreundinnen beklaut, wenn sie ihre Schultaschen im Zimmer ließen. Meine Mutter wollte nie arbeiten. Als sie Kassiererin im Supermarkt war, haben sie sie rausgeschmissen, weil sie während der Arbeit Kopfhörer aufhatte und Musik hörte. Danach hat sie in einem Kleidergeschäft gearbeitet und wurde entlassen, weil sie den Kundinnen gesagt hat, sie seien hässlich. Sie hat auch als Wächterin in einem Einkaufszentrum gearbeitet und ist im Stehen in Uniform und allem eingeschlafen.

Meine Mutter hat mir mal erzählt, dass ihre Mutter viel Geld besaß, es aber bald für alles Mögliche verschleudert hatte. Ich habe meine Großmutter nur einmal gesehen, weil meine Mutter nicht gut mit ihr auskommt. Meine Großmutter ist eine sehr schöne Frau. Offenbar war sie immer sehr beschäftigt und vergaß dauernd meine Mutter, als sie noch klein war. Sie ließ sie im Supermarkt stehen, holte sie nicht von der Schule ab, lauter solche Dinge. Und meine Mutter ist ziemlich einsam aufgewachsen. Als wir sie besuchten, sagte meine Großmutter etwas, was meiner Mutter nicht gefallen hat; ich glaube, sie hat gesagt, ich sei genauso hässlich wie meine Mutter.

Aber ich bin nicht so wie meine Mutter und auch nicht wie meine Großmutter. Ich kümmere mich die ganze Zeit um J, vergesse nie, ihr zu fressen zu geben, sie zu baden, sie in meinem Bett schlafen zu lassen. Wir tanzen auch gerne zusammen.

Lena legt Musik auf und tanzt mit J.

LISA: Sparen heißt, an die Zukunft denken. Ich denke nicht an die Zukunft. Ich denke nur an die Gegenwart. Jetzt habe ich Hunger, jetzt brauche ich jemanden, der mich liebt, jetzt ist mir kalt, jetzt brauche ich neue Schuhe. Jetzt ist mein Lieblingswort.

Für die Tiere existiert die Zukunft nicht. Nur der Instinkt für das, was sie gerade brauchen. In dieser Hinsicht sind Tod und ich genau gleich.

DORA: Seit meine Gedächtnisprobleme angefangen haben, bin ich glücklicher als vorher, weil ich keine traurigen Erinnerungen habe. Ich weiß nicht, wo meine Tochter ist, ich erinnere mich kaum an meinen Mann, ich vermisse niemanden, der schon gestorben ist.

Und in der Residenz verdiene ich viel Geld als Wahrsagerin. Aber statt die Zukunft vorherzusagen, sage ich den Leuten ihre Vergangenheit. Die Alten mögen die Zukunft nicht, weil sie wissen, dass sie in der Zukunft nur der Tod und sonst nichts erwartet. Aber es macht ihnen Spaß, wenn ich ihnen ihre Vergangenheit wie einen Film erzähle.

Viele von ihnen haben fast keine Erinnerung mehr, wie ich. Dann erfinde ich ihnen eine Vergangenheit mit den paar Dingen, die sie mir erzählen, und sie glauben mir, weil sie nicht mehr wissen, wie es wirklich war. Und meine Geschichten sind viel besser als das Leben.

LISA: Ich denke auch nicht an die Vergangenheit. Die Vergangenheit ist das, was auf der anderen Seite des Ozeans zurückgeblieben ist: die Zwei-Zimmer-Wohnung, meine Tochter, die mir überall hinterherläuft, Fran, vor dem Fernseher liegend wie ein Gaul, mein Job im Kleidergeschäft für Idioten. An einem Montag um vier Uhr morgens bin ich fortgegangen; keiner hat mich gesehen. Das Letzte, an das ich mich erinnern kann, ist der Anblick meiner im Wohnzimmersessel schlafenden Tochter, bevor ich die Haustür zumachte. Sie umklammerte eine Decke, als ob sie eine kugelsichere Weste wäre, und hatte einen seltsamen Gesichtsausdruck wie bei einem Albtraum.

LENA: Ich habe alles gesehen an dem Tag als meine Mutter fortgegangen ist. Ich schlief im Wohnzimmersessel und bin aufgewacht, weil ich Geräusche gehört habe. Da habe ich meine Mutter im Dunkeln durch das Zimmer gehen sehen, mit einer großen Sporttasche. Sie stellte die Tasche ab, und dann angelte sie Geld aus der Innentasche des Sakkos meines Vaters, das über einem Stuhl hing, und öffnete den Kühlschrank, um eine Packung Toastbrot rauszuholen und einzustecken.

Ich beobachtete sie mit halb geschlossenen Augen und stellte mich schlafend, weil ich nicht so recht wusste, was ich tun oder sagen sollte. Am nächsten Morgen dachte ich, es sei ein Albtraum gewesen, aber als ich den Kühlschrank aufmachte, sah ich, dass das Brot nicht mehr da war, und meine Mutter auch nicht. Mein Vater lag mit offenen Augen im Bett, und neben ihm war ein Brief.

DORA: Der Arzt sagt mir, ich sollte den Kontakt zu meiner Familie suchen, und ich sage ihm, dass meine Familie mein Papagei und die alten Leute sind. Er sagt, ich sollte meine Enkelin besuchen, die ganz in der Nähe der Residenz wohnt und mit einer kleinen Ratte herumläuft. Ich erinnere mich an keine schwangere Tochter, an kein Baby, kein kleines Mädchen, nichts dergleichen ... Aber da ist so ein Mädchen, das mir immer im Traum erscheint. Es ist ein sehr kalter Winter, und ich soll meine Tochter von der Schule abholen. An dem Tag hatte ich viel zu tun, und als ich abends nach Hause komme, fragt mich mein Mann, wo denn unsere Tochter sei. Dann bin ich losgelaufen, um sie zu holen, und finde sie eingeschlafen und mit ihrem Anorak zugedeckt vor der Tür der Schule. Ich rufe sie laut, aber sie öffnet die Augen nicht. Und ich denke: Sie ist tot, erfroren. Ich fange an, sie an den Schultern zu rütteln; sie macht wütend die Augen auf und beißt so heftig zu, dass sie mir die Hand abbeißt und sie auf den Boden fallen lässt.

LENA: Das ist der Brief, den meine Mutter hinterlassen hat, bevor sie fortgegangen ist. Ich trage ihn immer bei mir in der Jackentasche, zusammen mit J, und er begleitet mich überallhin.

Liebe Lena und Fran:
Eines Tages auf dem Weg zur Arbeit blieb ich wie angewurzelt am Straßenrand stehen und konnte die Straße nicht überqueren. Ich hatte große Angst, eine Angst, die ich nie zuvor verspürt hatte, als ob mir ein Tier die Organe von innen zerfressen würde.
Also blieb ich stehen und schaute zu, wie die Autos die Straße entlangfuhren, eines nach dem anderen, wie ganz schnell vorbeiziehende Wolken. Ich konnte nicht weinen, nicht schreien, mich nicht bewegen. Es war, als ob mein Körper eingefroren wäre und mein Verstand signalisierte, du stirbst.
Da kam ein Blinder und sagte zu mir: Könnten Sie mir helfen, die Straße zu überqueren? Und ich konnte nicht antworten, nehme ihn aber am Arm; der Blinde läuft unbeirrt, ohne

mich loszulassen; und ohne zu wissen, wie mir geschieht, bringt er mich zum Bereitschaftsdienst eines Krankenhauses. Der Arzt gibt mir Medikamente, und man sagt mir, das sei normal, in den großen Städten gebe es immer mehr Menschen mit solchen Anfällen.

Und als ich nach Hause kam, dachte ich: Ich muss hier weg und irgendwohin, wo mich niemand kennt und ich niemanden kenne. Dann hab ich zum Telefon gegriffen und den billigsten Flug in irgendein Land in Europa gebucht, den es gerade gab.

Zwei Monate lang wusste ich, dass ich fortgehen würde und wollte es Euch sagen, aber ich fand nie den richtigen Moment dafür. Ich erwarte nicht, dass Ihr es versteht, aber ich hoffe, dass Ihr mir verzeiht.

P.S. Ich habe mir 500 Peso von Fran und 89 von Lena genommen, aber macht Euch keine Sorgen, ich zahle es Euch wieder zurück.

Mit dem Herzen wie eine Waschmaschine.

Lisa

LISA: Ich glaube, dass ich irgendwann einmal wieder nach Hause zurückkehren werde, aber jetzt bin glücklich mit Tod. Tod steht mit der Sonne auf, frisst mir aus der Hand, singt mit mir, schläft neben meinem Bett. Ich habe keine Angst mehr, alleine die Straßen zu überqueren. Tod bahnt mir den Weg.

LENA: Ratten leben zwischen ein und drei Jahre, und da J schon zwei Jahre alt ist, denke ich die ganze Zeit, sie wird bald sterben. Dann werde ich Freundschaften schließen und mir einen Freund zulegen müssen und all das machen, was die anderen Mädchen auch machen.

DORA: Ich brauche keine Familie. Und ich habe keine Angst, allein zu sein, denn IT ist immer in meiner Nähe und sagt Wörter, die mich zum Lachen bringen. Vor dem Sterben habe ich auch keine Angst. Ich habe schon mindestens zehn alte Leute sterben sehen, seit ich in der Residenz lebe. Alle Alten sterben gleich, alle sagen vor dem Sterben: *Mama.*

ENDE

INHALT

DIE POSTNUKLEAREN
Die Schwimmerin ... 13
Gespenster ... 18
Sonntag ... 24
China ... 30
Die Postnuklearen ... 36
Julia ... 40
Fiebertage ... 47

MOBILES HERZ
Und ich ... 59
Kindheit ... 71
Posen ... 79
Gespräche ... 87
Traumwörterbuch ... 95
Postkarten aus der Wildnis ... 105
Die Arbeit und die Tage ... 123

TRILOGIE
Striptease ... 137
Traum mit Revolver ... 155
Liebe ist ein Heckenschütze ... 181

CODA
Musik für Tiere ... 215

Der Verlag dankt Jasmín Berakha, Cordula Brucker,
Ulises Conti und Haiko Pfost.

© by Blumenbar Verlag, Berlin 2010
1. Auflage 2010
Originalausgabe
Aufführungsrechte der Theaterstücke: Verlag der Autoren
Alle Fotos: Lola Arias
Alle Rechte vorbehalten
Cover: www.studiograu.de, nach einer Illustration von Jasmín Berakha
Lektorat: Wolfgang Farkas
Mitarbeit: Maren Kames, Sandra Thiele
Typografie + Satz: Frese, München; www.frese-werkstatt.de
Druck und Bindung: Kösel, Altusried-Krugzell
Printed in Germany

ISBN 978-3-936738-79-7

www.lolaarias.ar.com
www.blumenbar.de